Paul Tanner

Paul Tanner
Bärgli Bärble

Impressum

© 2022 Paul Tanner
Herstellung und Verlag: BoD - Books on Demand
Norderstedt
ISBN: 9783755733287

Ein Roman für Jugendliche und Junggebliebene

Insgesamt zwöuf Schüer si wi au Tag im Schueubus ghocket, wose vom Hasabett Dorfschueuhuus düre Grabe hingere hei, oder äbe a ihri Hautsteue brocht het. Di Endere hei ir Öschematt use müesse u die vo witer hing bim ehemalige Hasligrabe Schueuhuus.

Eigetlig hei di Schüer au ä chlini Wuet im Buuch gha, wümene ihrersch Schuehuus zuto het, usi

jetz is Dorf füre müesse hei. Si hei natürli aui zäme di negativi Istellig scho vo ihrne Eutere glert gha, wo usnahmslos über di Schliessig vo däm Schueuhüsli gwätteret hei.

«Mi Vater het gseit,» het Hopfefridu ä Achtklässler, lo wüsse, «ä Lehrer hät ömu weniger koschtet aus die Asylante wome jetz dert iquartiert het.» «Das het üse ou gseit,» het ä angere nochedopplet.

Z'vorderischt im Bus si zwöi Meitschi ghocket. Si si beidi i di achti Klass. S'Einte ischt Bärgli Bärble gsy u s'anger äbe es Schwarzes. Usgrächnet eis vo dene Asylante wo im ehemalige Schueuhüsli iquartiert gsy si. Das het jetz der Chopf vorabe gha u auwäg ä Träne abputzt.

„Luegit do, wasme het vo dene Cheibe! Do steits im Zwänzgminüteler! Schon wieder ein Kalb gestohlen. Die soufräche Sieche! Das ischt niemer angersch aus das Gsindu, womer do bi üs müesse ufnäh u dürefuere!"

„Jo, use mit däm Pack!" het Hohle-Köbu grüeft, „eso öppis hets früecher nid gä bi üüs i der Schwitz."

Die eutere Giele hei nidemou gseh, dass jetz das Schwarze, Julia hets gheisse, s Luterwasser pläret het.

„Z fule z wärche si die u chöme uf üser Chöschte cho s Läbe gniesse!"het wider Hopfefridu usposunet. Jetz ischt Bärgli Bärble ufgstange, ischt drei Schritt dürs

Gängli hingere u het Fridun ä Chlapf gä, daser fascht abem Sitz abe gheit ischt. „So, du verdammte Totsch, das hescht keim Tote gmacht." Är ischt ufgschosse u het d'Bärble packt. Do ischt du aber der Chauffeur igschritte. Er het ä Voubrämsig gmacht u derzue grüeft: „Do wird nid gschleglet. I gheienech aui zäme use, wenn der nid Ornig heit! Das het gwürkt. Fridu ischt abghocket miteme unerchant toube Gring ud Bärble ischt wider a ihre Platz. Niemer het me es Wort gseit.

Wo der Bus ir Öschematt stiu gha het, hei di drei eutere Buebe müesse usstiege. Fridu, Köbu u der Täntsch-Lukas. Derzue no zwöi Zwöitklässlerli. Jetz het Bärgli Bärble gseit si gang de ou do use. Si louf de nachär hingere is Schueuhüsli. „Do muess a auem a no branzet si!" het sä dr Chauffeur apfupft. „Nei ume öppis klärt muess jetz sie," het d'Bärble erwideret u ischt usgschtige.

„So, do wäri, wäge keim Tote gmacht. Aber zerscht muess nech jetz no öppis säge. D Julia ischt mi Fründin, u i weis Sache wo si erläbt het, wosi auäg süscht niemerem het chönne verzeue. U dir wüssit nüt gschidersch, weder sötigs Züg go uszposune, grad eso, dass sis ömu de ou muess ghöre. I wüu nech jetz säge was si het müesse erläbe. Dir zwöi Chline loufit afe. Es ischt nüt für öy Ohre. Si het aus vier jährigs Ching müesse zueluege, wisi ihre Vater erschosse hei, wüer nid dä Islamischte het wöue biträte. Was si mit der Muetter gmacht hei, chanech nid verzeue. Die vom Rote Chrütz heise drei Tag spöter haub tod funge u d'Julia isch näbere ghocket. Was miechiter ächt dir Hudubuebe, wenech eso öppis passiert wär?. Hättischt ächt de gäng no es söfu grosses Muu, Fridu? So, u jetz wettmi no woscht brügle so machs, u süscht schämit nech u göt hei. Vilicht macht der de d'Mueter es Teeli gäge d Schmärze wot hescht müesse usstoh, oder si leiter ä füechte Hudu uf d Backe. Du hescht jo no ä Muetter, i ha keini meh."

Jetz hei di drei Buebe d' Gringe lo hange u si wortlos derfo gschliche. D' Bärble het jetz haut ä Haubstung lenger gha bis si doheim im Bärgli bir Grossmuetter gsi ischt, aber das het jetz einischt use müesse.

Dürs Tau hingere bis is Hasligrabe Schueuhus, dass het si ire Haubstung bewäutiget. Derno no dürne stotzige Fäudwäg gägem Bärgli ueche. Scho vo witem het si ghört, dass d'Grossmuetter mit em Hung, em Bäri brichtet het. Das het si mängischt stungelang gmacht. Der Bäri öppis gfrogt u dä hetere Antwort gä, het si sich ömu vorgsteut, wes scho irer eigete Gedanke si gsy. Es het sä tüecht, eso gang Zit gleitiger ume, weme fascht der ganz Tag eleini sig.

"Worum chunt ächt Barbara söfu lang nid hei, i ha doch der Blaser Peter u der Grüebli

Franz scho lang gseh der d' Stross hingere go?"

„Vilicht het si müesse dinn blibe."

„Das gloubeni nid, söfu gschickti wi die ischt.»

„Aha jetz gsese cho dürsch Wägli uf."

Jetz ischt dr Bäri aber ufgschosse. Tür heter grad säuber chönne uftue u ischt mit Freudesprüng d'Bärble go empfo.

„Jo jo, hescht hüt lang müesse warte. I ha drum no öppis müesse erledige."

„Wiso chunscht du söfu spät hei, Meitli?"

„I ha einischt öppis müesse klar steue mit dene tonersch Lölibuebe."Jetz het d Barbara der Grossmuetter aus verzeut wis gange ischt.

„Jo jo, du hescht das scho richtig gmacht, aber es het äbe aus gäng zwo Site. Dene wird ihri Heimat gschtole u mir müesse derfür üsi mit nä teile. Das geit, solang mer öppis z'Teile hei, aber was passiert de, wenns einischt bi üs kriselet, umer säuber nidemou me gnue Zässe hei? Das chönt gleitig passiere. De päägeti de ufsmou d'Lüt: „Use mit dene, die ghöre nid zu üs! Aber wo söuesi de häre? Ischt de ufsmou der Chrieg bi üs?"

„Äh Grossmuetter, ömu geits is afe no guet u i gloube vorläufig müessemer nid Hunger lide."

„Weis hoffe, gäu Bäru."

Hunger hei si würkli nid müesse lide, d'Bärgli Frida u d Barbara, aber grad dasesne de gäng öppe guet gange wär, chame nid säge. D' Bärble het mit drü jährig ihri Muetter verlore. A Leukämie ischi gstorbe. D'Barbara het denn no nid eso rächt begriffe was jetz gscheh ischt, aber ihre Vater het dä Schlag fascht nid chönne verchrafte, er het du fascht wine Flucht nach füre aträte. Het sich mit Arbeit u vor auem mit Witerbiudig probiert abzlänke. Eso isches du cho, dass useme Muurer ä Boufüerer worde ischt. Nid lang isches gange, ischim vore grosse Boufirma ä Steu abote worde ufere Grossbousteu z'Tunesie. Warschinlech häter sä nid agno, wenn si Frou no gläbt hät. Aber däwäg heter das guet zaute Angebot nid chönne usschlo. Sider ischer auso dert u chunt nume zwöi mou im Johr hei. Es paar Tag ar Wiehnecht u i dä Summerferie. Z'Tunesie bruchter ussert echli Sackgäut nid viu. Der Lohn wird im ufenes Schwizerbankkonto zaut. Nid weni, u dert cha si Mueter näh dervo, soviu si ume wott. Die isch si aber vo früecher här gwahnet sorg z ha zum Gäut u nimt nid meh weder das für seiä ud Barbara nötig ischt. Eso läbe di zwo recht guet im Bärgli. Es ischt no chli Umschwung zu däm Hüsli u vor auem ä schöne Garte. Der Grossmutter wird's zwar mängischt e chli längwilig, wes Meitschi der ganz Tag ir Schueu ischt u nidemou hei chunt cho Zmittag ässe. De muess si dr ganz Tag mit em Bäru prichte, u dä versteit jo jedes Wort.

Ischt de d'Bärble äntlige vor Schueu hei, mues de zersch afe der Hunger gstiuet sie.

Eso nä toue Ankebock unes Glas chauti Miuch ischt de grad s'Richtige. Derno het de mängischt Grossmuetter no öppe es Alige, filicht ä Arbeit wosi säuber fascht nid cha erledige. Nachär heist uf d'Ufgabe los. Es si meischtens nid weni sider das s Meitschi id Sekundarschueu geit. De ischt de öppe s'Znacht noche. Eso nä Röschti mit Späck u mängischt no es Stierenoug derzue ischt gäng öppis guets. Nom Znacht hocket me no chli vors Hüsli ufs Bänkli. Natürli ischt der Bäri ou derbi, u dr Güggu mit sir Hühenerschar het ou no öppis z'chraue em Gartemüürli no. Das wär öpe eso s'Schönwätterprogramm. Rägnets de, oder ischt chaut veruss, het de Bärble scho gli einischt es Buech vor der Nase. Grossmuetter hets scho mängischt gseit, sie sig ä richtigi Läseratte. Das ischt si ou gsy. Fascht au Wuche zwöi Mou het si vor Schueubiblioteg es früsches Buech heigno. Meischtens ä Krimi, wesi eine verwütscht het. Im Liebschte eine vom Hansjörg

Schneider, vom Kommissar Hunkeler. Die het si au gläse, aber ou no viu anger. Derby ischi mängischt fascht säuber echli ä Kommissar worde. Uf aufäu het si sich scho lengschtens i Chopf gsetzt gha, si wöu einischt Polizischt wärde. Dass si de hingäge no di haub Nacht im Bett gläse het, het Grossmuetter entwäder nid gmerkt, oder si het de nüt gseit. Aber es ischt warschinliger, dass si res verbote hätt, wüu si Angscht gha hätt, s Meitli mach sech de dermit no d Ouge kaput. Das wär guet mügli gsy, were der Blaser Peter nid es Läselämpli baschtlet gha hätt. Em Blaser Peter, es ischt ihre Schueukamerad gsy, hei aui nume der Elektroniker gseit. Er ischt scho fascht echli es Scheni gsy u het mit sim Elektronikbouchaschte, woner vom Götti übercho het, scho schier erstunligi Sache gmacht. Er het sogar auti kabutnigi Kompjuter wieder mache z'go. Ou het er mit eme chline Chraftwärchli woner im Bach g'installiert gha het, Liecht für sis Schlof- u Baschtuzimmer produziert. Eso ischer auso mit Freude druflos, wone Bärble gfrogt het, ober ere nid chönt es Lämpli mache wosi chönt as Buech stecke, dass si znacht im Bett chönt läse? Zwe Tag isches gange u si het eis gha. Es Led-Lämpli mitere Baterie wosi het chönne am hingere Buechdechu achlemme. Dascht eso guet gmacht gsy, dass si d Site het chönne umchere ohni gäng s Lämpli abznäh. Bevor si de aber is Bett ischt go läse, hetsi de no ihrersch Tagebuech nochetreit. Das ischt i ihrem Zimmerli ufeme chline Chriesbäumige Tischli gläge, gäng grad ei Site offe u der Chuguschrieber dernäbe. Das Tagebuch hetsi scho sit meh aus zwöine Johr gfüert, nachdäm si es Büechli gläse gha het, „wie werde ich Polizist". Dert drin hets nämli gheisse, eso nes Tagebuch sig fürne Polizischt ganz wichtig. Ou weme mängischt nid chönn wüsse, zuwas dases no chumlig chöm, sigi dürtür scho ganz schwirigi Kriminaufäu glöst worde. Ou sig ä Züge, wo chön säge was ame bestimmte Tag aus los gsi sieg, ou wis Wätter gmacht heig u was süscht aus passiert sieg a däm Tag, ame Richter viu gloubwürdiger aus eine wo ume öpis bhoupti woner vilicht nidemou Bewise heig derfür. Natürli het si jetz ou ä Itrag gmacht wo gheisse het „Hopfe Fridu georfeigt." Ä witere het gheisse, „es wurde wieder ein Kalb gestohlen."

Si ischt zfride gsy mit sich u der ganze Wäut. Jo sogar stouz druf isch si gsy, dasi em Fridu eine gwäsche het u no fascht meh, wüu sise derno no mit Worte zäme gstucht het.

Hingäge drei Kilometer witer im Tau vor, ime bhäbige Puurehof ufeme Hoger obe, wo Hopfe gheisse het, ischt eine desume glüffe wine gschlagne Hung u het ä Gring gmacht wines Fueder Hudle. Gschämt heter si. Nei toube über Bärble ischer nid gsy. Si heig jo eigetlig rächt gha. Wi heter ume äme Möntsch eso chönne weh tue,

16

mit sine tumme Sprüch, de no ame Meitschi! Klar, er het jo nid chönnne wüsse, wases aus erläbt het. Aber dases ä angeri Hutfarb het, äis häter jo gseh u hät drum i sir Awäseheit nid söfu tum söue über d Asilante rede. Es het wüescht gmacht mitim u är het gsinnet winer di Sach wider chönt guet mache. Aber di Wort si duss gsy ud Julia het sicher ihri Meinig über ihn biudet. Aber öppis Angersch het nä fascht no herter plooget. Usgrächnet Bärble het im ä Wasche gä, usgrächnet. Derbie het er sä i sine Träum scho lengschtens zu sim Schatz erkore gha. Wi anger Buebe i däm Auter ou, heinim d' Meitschi afo gfaue u Bärble bsungersch guet. Das heiger jetz sicher verchachelet, ischesim gäng u gäng wider düre Chopf.

D Mueter het no churzum gmerkt, dass do öppis nid cha stimme mit däm Bueb. Si het nä ou gfrogt was los sieg, aber si het kei richtigi Antwort übercho. Zum Verwungere gly ischer is Bett u het dert witer gmoralet. Woner du äntlige igschlofe ischt, heter du Träum gha woner aupot erwachet ischt drab u froh gsi ischt dases ume ä Troum gsy ischt. Bandite si cho u heinim zerscht d Mueter u der Vater töt u derno aui Chüe gstole u gmetzget. Er müest der Julia öppis gä, aber öppis rächts, öppis woner säuber gärn heig, Vilicht sis neue Sackmässer woner vor Gotte übercho het. Er chönt jo säge,0000000 er heigs verlore. Aber nei es Sackmässer ame Meitschi! Eim wo sicher süscht scho der Gruuse heig vo Mässer u Waffe!

Wärim doch ou z Sinn cho, dases nid drufab chäm wi gross das es Gschänk wär. Viu wichtiger wär, wes vo Härze chäm u derzue es paar liebi Wort. Aber Fridu, wo süscht jo gärn es grosses Muu gfüert het, het eifach keni passende Wort funge.

Em angere Morge im Schuebus, ischt dä Vorfau mit kem Wort me erwähnt worde. D Bärble het ume gmerkt, das Hopfe Fridu ordeli tuuche ischt. Uf aufäu id Ouge luege hetere nid törfe. D Julia het sich i ihre Egge ine trückt u ischt auwäg irne eigete Gedanke noghanget. Wen ume Fridun z Sinn cho wär, winer d Sach mit dene Meitli wider chönt id Ornig reise.

Em Obe ischt Bärble wider normau im Hasligrabe Schuehuus hing usgstige. Dert hetsi no es Bitzli mit em Blaser Peter u em Grüebli Franz chönne der d Stross düre Hasligrabe hingere loufe. Äiner zwe hei du no wöue wüsse wi das geschter no usgange sieg. Dene zwene het si das wou chönne verzeue, die si sowiso uf ihrer Site gsy. Öppe nach zäh Minute het d Barbara adie gseit u het uf der linge Tausite is Bärgli ueche müesse. Nid viu witer hing ischt der Blaser Peter ime ehemalige, guet zwäggmachte Puurehüsli, noch näbem Bach gwohnt, u der Grübli Franz het fascht em glieche Ort uüberne Brügg müesse, äbe is Grüebli ueche ines wärschafts Puurehuus. Em Peter si Vater ischt ä leitende Bankagsteute gsy u em Franz sine

Puur. Eso hetes sich ergä, dass der Peter viu Zit gha het für sis Hobi, während der Franz haut het müesse häufe puure, wener d Ufgabe gmacht gha het. Eigetlig isches im nid hert es Müesse gsy. Vor auem Tierli heter gärn gha u zuene gluegt. Aber ou ame schöne Härdöpfublätz oder are Heumatte heter chönne Freud ha. Mit dä Schueuufgabe isches eso chli ä Sach gsy. Wi weniger wi besser! Aber er het nie grad lang are Ufgab ume gstudiert. Für was häter de süscht es Funkgrät gha, wonim der Peter zwäggmacht gha het. „Grüebli Franz von Peter, antworten." Hets meischtens tönt, u de uf dieser Site: „Peter verstanden antworten." „Hescht du di Rächnig glöst?"

„Jo, hani, d Wurzle drus git sibenefüfzg ä haube Meter."

„Danke, bis morn!"

Öpe drei Kilometer witer im Hasligrabe hing, aber nid im Grabe nide, hundrtfüfzg Meter ob der Tausole fascht mits im Waud inne ischt es Huus gstange. Es Heimetli wome fascht no hät müesse d Hüener pschlo, dass si nid überusgrütscht wäri u Katze hät müesse ame Seu abe lo, dass si hätti chönne go muuse. Güdu Weidli het das Awäse gheisse. Mi het gseit mi gsei das Huus vo niene, ohni vilicht weme änet em Hasligrabe uf der Egg obe gsi wär. Ums Huus um hets öppe söfu Land gha, das das Puurli triessg Schof u no es Chueli het chönne ha. Zweni zum Läbe u zviu zum Stärbe hei d Lüt gseit. Aber irgend ufene Art ume het sech dä Maa mit sir Frou, si si chinderlos gsy, glych düre brocht. Auäg wüuer no Störemetzger gsy ischt.

Das mä das Huus vo niene het chönne gseh, stimmt nid ganz. Usgrächnet vom Bärgli us, hetmä, weme guet gluegt het, echli chönne vom Dach gseh, gnau gno der Gibu vor hingere Stotzwang. Grad das Bitzli vo däm Huus het der Bärble, däm chline Dedektiv z'däiche gä. Genau i däm Egge obe ischt nämli ganz ä heitere

Schienwärfer gsy, wo mängischt di ganz Nacht brunne het. Wiso zum tonner brucht ächt dä Güdu Weidli Chrigu ä ganzi Nacht es sötigs heitersch Liecht, deno hingerem Huus. Das het der Bärble z täiche gä. Drum hetsi ou jedes mou wes brunne het ä Itrag gmacht i ihrersch Tagebuech. „Licht brennt", hets mängischt drei Tag hingerenang gheisse, u de teu Täg wider nüt. Das mües irgend es Signau sie, ischere düre Chopf, aber was für eis. Si het gläse gha ime Krimi, dass di Prostituirte e roti Lampe löiy lo brünne wesi frei sigi. Aber erschtens ischt dä Schinwärfer nid rot gsy u zwöitens hät auäg Rosi vom Ussehe här kei Batze verdienet.

„Hescht ou gseh das im Güdu Weidli hing viu di ganz Nacht ä Lampe brünnt?" het si d Grosmueter gfrogt.

„Jo i hami ou scho gfrogt, für was dass das ächt guet sieg. Vilicht woter jo dermit der Luchs verschüche, wonim chönt cho es Schof nä."

„Das chani fascht nid gloube, i ha no nüt ghört, dass do i der Gägend ä Luchs es Schof grisse hät."

Eso ischt di Lampe für d Barbara vorläufig es Rätsu blibe, aber si het mängi Müglichkeit erwoge, wases ächt hät z'bedüte. Si het ou einischt der Grüebli Franz gfrogt, ob är ämänd ä Ide hät, für was das das Liecht söt sie. Dä het gseit, es chömim ömu jetz ou grad nüt Zinn, aber är frog de no der Vater. Äine het du gseit, si söui nid witer am Züg ume grüble. Dä mües schliesslig ou luge winer düre chöm. Vilicht metzgi er ou aubeneinischt es Schof, u d Lampe bedüti de, dass mä chön cho Fleisch reiche, oder vilicht brönner Härdöpfler, das wär sicher ou kei sötigi Sünd. Aber vo wo dasme de di Lampe überhouot gsei het vorläufig niemer wöue wüsse.

Ä Wuche ischt sider vergange gsy. Der Schueubus ischt wider ungerwägs gsy i richtig Hasligrabe. Därung het Hohle Köbu ume küschelet woner Fridun gseit het, es sig scho wider es Chaub gstole worde. Söfu süferli dases d Julia nid ghört het, aber d Bärble het echli öppis mit übercho u het äbefaus süferli noche gfrogt. Das ischt jetz scho s vierte Mou gsy, wosi em Obe i ihrersch Tagebuech het müesse schriebe „Kalb gestohlen." Das sig jetz doch s Trurigschte wome chön mache, hetes sä tüecht. Wesi ume scho Polizischt wär. Dene wet si gwüss uf d Spur cho. Si het du no ghört em Radio, das ä Polizeisprächer d Puure gwarnet het u nä Empfälige abgä, wi si sech vor Diebstäu chöni schütze. Di Scheume z verwütsche sig enorm schwirig, wüu si ihrersch Handwärk ir ganze Schwitz ume betriebi.

Wo ächt de di Chauber gmetzget wärdi? U wo s Fleisch verchouft, ischt der Bärble vor em Ischlofe no düre Chopf. Sicher ender im Usland. Aber wisi ächt de dermit uber d Gränze chömi? Vilicht ämänd am Bodesee miteme chline Schiff.

Wo echli me aus nachere Wuche wider es Chaub gstole worde ischt, het d Bärble bim Nocheträge vo ihrem Tagebuech echli drinume bletteret. Es chönn jo reine Zuefau sie u d Lampe het jo mängischt brunne. Aber zwe Tag nacheme Chauberdiebstau gäng. Si heig zviu Fantasie vor luter Krimine läse, het si sech gseit. Sötigs passier doch nid im Hasli Grabe hing.

Är heig no ä Mitteilig z mache, het der Lehrer Schütz em Zieschti vorem Schueuschluss gseit.

Morn Nomittag heigi aui Schueuer frei. Derfür müesesi de go Schoggitaler verchoufe. Das wär eigetlig vorgseh für d Viert u Föiftklässler, aber do i der Gäget mit söfu viu abglägne Höf chönme das dä Chline nid zuemuete. Es söuesich bis morn aui überlege, wi mänge das si öppe chönti verchoufe. De chönesise de morn Vormittag fasse. Es chönesich übrigens ou gäng zwöi u zwöi zäme tue.

Di erschti Frog vo dä Schüuer ischt jetz gsy, wär zäme wöu go u di Zwöiti d Gebietsiteilig.

Für d Bärble ischt klar gsy, dass si si mit der Julia zämetüei. Hpfe Fridu natürli mit Hole Köbun Täntsch Lukas het si äbe du mit eim vo dä Chline müesse zämetue. Hingäge Blaser Peter u Grüebli Franz si natürli unzertrennlig gsy. Die vier Paar hei auso d' Ufgab übercho, der Hasligrabe z bearbeite. Die wo ir Öschmatt ussgstiegi, nämi der vorderischt Bitz bis zum ehemalige Schueuhüsli hingere. Derno bis zum Ried der Peter u der Franz. U der Räschte bis hingeruus de no d Julia ud Bärble.

„So, das heiter jo guet iteut. Mir hei auso im mingschte Hüser u derfür der witischt u der stotzigscht Wäg."

„Derfür der intressantischt u di schönschti Ussicht." Het Fridu gschpöttlet.

Föif Hüser hets auso no gha düre Grabe hingeri. Zum Teu uf der Egg obe. Mit em Bärgli zäme sächsi. Auso heisi sächs Taler müesse ha. Der Lehrer het nä zwar zweh meh wöue ufschwätze, aber si hei abglehnt. Si müessi de froh sie, wenn si de die chöni verchoufe. U no öppis müessesi säge, ihrersch Gebiet mögesi de ime haube Tag nid erloufe.

Mi het guet gmerkt das di meischte Lüt dä Föiflieber groue het, wo di Taler koschtet hei. Mi het nä ender kouft, für dene Meitli ä Gfaue z tue, wobi d Julia het müesse merke, dass si scho gäng echli kritisch bemuschteret worde ischt. Aber si ischt mit viu Scharm u Früntligkeit ufträte u het derfür gsorget, das teu Lüt ihri Meinig über d Asilante im Schueuhüsli vor doch echli neu übertäicht hei.

Vom Hasligrabe is Güduweidli hets es unerchant stotzigs Fueswägli gha. Es hät zwar scho es Erschliessigs Strössli gha. Vom Dorf hingere über d Egg, derno no düre feischter-Waud ab, winer gheisse het, zum Huus abe. Aber vom Dorf us wäris sicher sächs Kilometer gsy. Do si di zwo doch lieber ders Fuesswägli uuf.

Ä Haubstung hei si gha, bis si dobe gsy sie. Das sig öppe normau für hunderfüfzg Meter, het d Bärble erklärt, hingäge d Julia het bau echli gschwitzt. Die ischi äbe nid gwahnet gsy wi d Barbara, wo immerhin au Tag het müesse is Bärgli ueche loufe. Was si ächt do aträffi? isches beidnä düre Chopf u eigetlig heisi echli Angscht gha. Hei si ächt ä Hung? Es het kene bägget u eso heisi süferli s Schopftöri ufto. Im Schopf inne isches nid so rächt heiter gsy, aber wosi d Ouge echli gwahnet gha hei, heisi zerscht lingger Hang es Töri gseh wo warschiendli ines Stehli gfüert het. Witer vor es grösersch Tor, äuäg es Tennstor, u aschliessend ischt öppis wine Hustür z erschenne gsy. Aus ischt stiu gsy, grad wi niemer doheim wär. Lüti heisi niene keis gseh u drum het d Bärble a Türe topplet. Kei Reaktion. Si hets echli lüter probiert. Es het nüt abtreit. Jetz hetsi s Härz i beid Häng gno u het lut grüeft; „ischt do niemer doheim?"

Jetz het ufsmou uf der angere Site vom Schopf es Töri gyret. Öpe Mannsbreit ischt ä Tür ufgange u ä zwöischrötige Maa ischt drunger gstange. Anstatt dass er grüest hät, heter ganz toube gseit: „was weiter do?"

„Mir tüe Schoggela Taler verchoufe."

Jetz ischt dä Maa ganz i Schopf use cho u het die Tür woner use cho ischt gleitig zueto. Auema häter wöue verhindere, dass di Meitli i dä Rum ine gseh hei. Aber die hei äbe gliech ä chline Momänt lang gseh, was si vilicht nid hätti söue gseh. Heiter isches gsy i däm Rum inne, viu heiterer weder im Schopf u are länge Stange ischt Fleisch ufghanget. Fleisch u Würscht. Söfu viu, dass sä dä Maa mit sir Frou niemous äleini hät möge ko sä z'ässe. D Julia ischt fascht z tod erchlüpft. Si het zitteret wines aschbigs Loub. Warschienlich sire ganz trurigi Biuder vo früecher düre Chopf u bau wärsi i Ohnmacht gfaue. D Barbara ischt weniger erchlüpft, wüu si scho lang mit öppis eso grächnet gha het. Jetz het dä Maa d Hustür ufto u ine grüeft: „Müeti, chum, es si Bättler do!"

Ä Frou ischt cho z schlarpe wo niemer hät chönne säge, wi aut das si ächt wär. Was si agha het si ender Hudle gsy weder Chleider. Si het di zwo gmuschteret u bevor die öppis hei chönne säge, hetsi grüeft ömu für di Asilante gäb si de nüt. D Julia het dä Wink ume z guet begriffe u ischt drei Schrit i Schopf hingere gstange. Hingäge d Barbara het sich nid söfu gleitig lo abschüssele.

„Es ischt fürne guete Zwäck. Es chunt vor auem ou dä Puure u der Aupwirtschaft zguet." Dascht zwar auwäg echli gloge gsy. Aber der Zwäck heiligt di Mittel.

„Ä, gib nä dä Föiflieber wesi jetz scho do ueche knorzet sie. Si wärde däich ou müesse ha. Do si sicher d Schueumeischter derhinger!" Dermit ischer wider i sim

Schlachthuus verschwunde u si Frou het ä Föiflieber greicht.

D' Bärble het d' Julia wider einischt müesse tröschte. Nims nid tragisch, dä muescht nid fürne Normale nä. Dä weis überhoupt nyd, wis ir Wäut usse usgseht. Eso hei si bis zletscht ömu di Taler verquantet

Normalerwis hetsi d' Grosmueter gäng ufe Mittwuche Nomitag gfreut, wiu denn d' Barbara schueufrei gha het, aber wäg däm mit dene Taler husiere, isch si äbe hüt eleini gsy. Zerscht hetsi im Garte echli Gjät usgschrisse, derno gwüscht vorem Huus u derno hetsi täicht, jetz hock si do vors Hüsli u läs Zitig. Wi gäng ischt der Bäru vor ihrne Bei em Bode gläge. Nid lang isches gange het Grosmueter gsüfzet, der Chopf gschüttlet, u was si gläse het afe em Bäru müesse verzeue. Vome Terroraschlag z Pakistan mit vierzg Tote. „Wi cha ou der Hergott wo doch aumächtig ischt öppis so zuelo? Weischt du ä Antwort Bäru?"

„Tue di nid versündige Frida, dä wird wou wüsse waser macht."

„I cha nüt derfür, dasi mängischt am Gloube zwiefle. Nächti hani em Fernseh ä Fium gseh, wo di Alierte ar Normandie glandet sie. I eim Tag hets zwöuftuusig Toti gä u im ganze meh aus zwöihunderttuusigi. Derbie hei di tütsche Generäu scho lang vorhär gwüsst, dass si der Chrieg verspiut hei. Wiso het de Gott, wener doch aumächtig ischt, em Hitler nid eifach ä Härzschlag verpasst? De wär das auszäme nid passiert."

„Vilicht het er äbe ou einischt müesse der Stau usemischte."

„Das häter de ou angersch chönne mache!"

„Gloubscht du de eigetlig nid a Gott?"

„Mou, gloube scho, aber nid begrieffe chane mängischt. I ha jo gloubeni mis Hirni ou vo ihm übercho u cha nüt derfür dasmer mängischt sötig Gedanke düre Chopf göö!"

„U Schöns, steit de eigetlig nüt ir Zitig?"

„Was söt drin sto? Du heigischt zum Zobe ä Wurscht übercho?"

„Äch Frida, du weischt scho wasi meine."

„Schön weme wenigschtens ä Hung het wome aus mitim cha prichte."

D Bärble ischt hungerig gsy, em Obe wosi hei cho ischt. Ä Bitz Brot mit tou Anke druf het däm abghoufe. Aber gä wi d Grosmueter gärn echli öppis erfahre hät wisne ergange sieg, het si nid viu verno. S' Meitli ischt eifach mit sine Gedanke abwäsend gsy. Es mües eso sie, het si täicht. Di Lampe brünn we der Güdu Weidli Chrigu Fleisch z' verchoufe heig, aber erschtens vo wo dasme de eigetlig das Liecht gsei, hät sä wunger gno u zwöitens woner de das Fleisch här heig? Guet, er heig jo Schoof woner aubeneinischt eis chönt metzge. Aber ob das Fleisch u di Würscht wosi gseh het i däm Rum inne aus vo Schof gsy sieg? U derzue het si gmeint, d Buebe heigi ir Schueu verzeut, mi törf nidemou me doheim ä Sou metzge verschwige de Fleisch verchoufe. Do wöu si si zwar nid drimische. Ä chli s Gsetz umgo sig sicher nid söfu schlimm. Aber dass gäng zwe Tag nacheme Chauberdiebstau d'Lampe brünn, das hetere z'täiche gä. Söt das vilicht ihre erscht Kriminaufau wärde? Ob si äct ihre Verdacht einisct em Blaser Peter söt avertroue? Dä lachse sicher am wenigschte uus.

Wüu si du der anger Nomittag aui drüü mitenang vom Schueuhüsli der d Stross hingere glüffe sie, hetesi du ergä, das Grüebli Franz ou grad ghört het was d Bärble het gha z' verzeue.

„Wenn das würkli eso wär, das gub ä riese Sensation," het dä gloubt u Peter het natürli sofort dra ume gstudiert, ob mä dä Chrigu nid ufenewäg chönt überwache. Ob mes de nid gschieder grad der Polizei sieg het du Fränzu no gmeint.

„Gwüss wäger nyd, die lachetinis ume uus. I tuemer überlege ob do nid öppis wär z'mache."

„Wenn öpper ä Lösig fing, sigs sicher der Pek, dä Elektroniker u Düfteler," het d Bärble täicht wosi änang sälu gseit hei.

Ganz ume a der Sach ume studiere het Barbara ou nid chönne. Do ischt immerhin no d Schueu gsy u di meischte Lüt si der Meinig gsy, dass sig gwüss de s Wichtigschte.

Dert ischt echli öppis angersch gsy weder süscht. Ömu de i dä Pouse het mes gmerkt. D Öschmatt Giele heisi fascht ufgfüert wi Ägeli! Bsungersch Hopfe Fridu, wo süscht eso nes grosses Muu gha het. Ganz manierlig u aständig heter chönne tue. Einischt ir Pouse heter ä Grafesteiner usem Hosesack zoge. Eine mit schöne rote Backe u het nä der Julia häre gstrecht u derzue gfrogt „woschne?" S Meitschi hets fascht nid chönne gloube u fascht ohni dases wöue het, hets d' Hang derno usgschtreckt. Es angers Mou, ou i der Pouse, ischt d Julia u Bärble ufeme Bänkli ghocket, Fridu ischt vordüre glüffe u het der Julia es Vergismeinnicht häre gstreckt, woner vorhär em Rand vom Rase abbroche gha het. Jetz het nä das Meitschi mit sine grosse brune Ouge ganz erstuhnet agluegt, mit eme Blick, wo Fridu äuäg lang nüm vergässe het, hets Blüemli gno u i siner Chruselihoor gsteckt.

Dascht grad der glych Tag passiert, wo bim Heigo Blaser Peter gseit het, är gloub är wüs wime dä Güdu Weidli Chrigu chönt überwache. Am beschte mitere Wiudüberwachigskamera. Die chönt mä hingerem Huus ame Ort im Waud montiere u chönt de gäng luege, ob öpper düre gfahre sieg.

„Jä, hätischt de du eso öpis?" het d Bärble gfrogt.

„Nei aber i ha afe im PC gluegt im Ricardo. Dert hets drin. Weme nid grad s neuschte Modäu wott, wäresi nidemou eso tür. Es git ume eis Problem. Si dörft nid blitze, süscht wärimer jo scho bim erschte Mou verrote. I gloube das gieng mitere Infrarot Kamera. Farbig müesti jo di Biuder nid sie."

„Jä ude? Wemer de scho afe es Outonummero häti, wüstimer jo de no lang nied, was dä is Güduweidli wär go mache."Het du Grüebli Franz z Bedänke gä.

„Scho nyd, aber wenn de gäng der Glich nacheme Chauberdiebstau id Fotofaue gieng wüstimer de scho veiechli öppis.

Der Tag druf het Peter lo Wüsse, är hät eini funge, aber si choschti hundert Franke u sis Sackgäut längi jetz äbe nid ganz u der Vater gäbim au Monet füfzg Franke u meh nid.

„U wemer de zäme stüüreti? Öppe zwänzg Franke chönti scho ou gä."Das het Barbara vorgschlage.

„Wiviu fäuti de nachär no?"het du Franz wöue wüsse.

„Föifesächzg vo mir, zwänzg vor Bärble, de fäuti no füfzä Franke."

„Guet i bi derbie."

Drei Tag spöter het Blaser Peter eso nä Kamera gha. Zerscht het natürli müesse usprobiert sie, ob si de funktioniert. Do derzue het me se afe einischt näbe Blasersch Huus, grad näb der Sross ane Boum bunge. Igschautet heise di Drüh erscht wos Nacht gsy ischt. Dascht nid ganz ohni Problem gange, wüu d Bärgli Grosmueter u ou Franzes Vater nid grad iverstange gsy sie, dass ihrer Ching do Znacht no usser Huus sie. Si hei du zur Usred gha, si müessi zäme ä Ufgab löse. Dascht jo fascht nidemou gloge gsy.

Ganz söfu eifach wisi täicht gha hei, ischt di Sach nid gsy. Di Kamera het d' Outo gäng nume vo vorvert fotografiert, u de het mä wäg dä Schienwärfer s' Nummero nid gse. Si müest echli mit Verzögrig uslöse. Er mües no chli druber noche täiche, het Peckli gseit. Mi bräch di Üebig für hinecht ab. Vilicht wüser de bis em Morge meh.

Gebruchsawisig ischt keni derzue gsy, aber er het sich gwüsst z häufe. Er het d Margge u der Typ im Googel igä u scho heter di Gebruchsawisig chönne abelade. Er het se zwar zwöi mou müesse düreläse, aber derbie heter usefunge, dasmese uf Seriebiuder cha schaute. Zum Bischbiu drüh Biuder ire Sekunde oder i zwo Sekunde. Eso mueses go. De gseht me de ufem erschte Foto nid viu, ufem zwöte de vilicht afe s' Outo u ufem drite des Nummero. Das mues me de usprobiere.

Der nöchscht Schrit ischt gsy, di Kamera go häremache u s erscht Problem wime unbemerkt a richtg Platz chöm. Dersch Wägli uf törfme uf aufäu nyd. Süscht gseier eim u der d`Stross uf sigs jo meh aus ä Stung z loufe.

„Am gschidschte giengit dir Buebe em Sunndi Vormittag mit em Velo." Het d Bärble vorgschlage.

„Das müessemer auäg, angersch geits nied, aber wär geit de gäng go s Chips wächsle? Das söt me de ou wenigschtens au Wuche einischt."

„Mir müesti abwächsle, au Sundi Vormitag es angersch."

„Äleini goni nyd," het d Barbara gseit, „u weni mit eim vo euch go, chumeni de churzum bide Lüte is Gschpräch, chöntimer jetz nid der Julia üsersch Gheimnis verrote, de chönti mir zwoo jede zwöite Sunndi goo."

„Meinscht die chönt di Sach für seie bhaute?"

„Do bini sicher!"

Ou wes de ufsmou gäge Asilante gieng ? »

„D Julia ischt mi Fründin, die wird nüt mache wo gäge üüs geit:"

„Auso guet, de üebemer no grad, wime der Chips mues wächsle, u de ischt no eis Problem, we em Sunndi Fränzu u ieg di Kamera gö go montiere wüsst dir zwo jo de nyd womer sä häreto hei."

„Auso Guet, de machemer haut em Sunndi zäme es Velotürli. Öppe söfu wärdenis üser Eutere wou zuegesto."

„Guet de träffemeris am Sunndi Vormittag em nüni mit dä Velo bim Schueuhüsli. Het d Julia überhoupt eis?"

„Jo, si het eis. Schliesslig mues ou aubeneinischt öpper vo dene is Dorf go ichoufe."

„I ha wider einischt lang müesse eleini sie,"het Grossmueter bugeret wos Meitli hei cho ischt.

„E du hescht ömu der Bäru gha

„Jo gfeuigerwys."

Der Bäru ischt ä föifjärige Bärnersennehung gsy. Ender echli ä langsame, wi d Bärner äbe sie, aber Gsosmueter het bhouptet, dä verstang jedes Wort, u eso heisi mängischt ou stungelang zäme chönne brichte.

A däm Obe hets no ä zimli länge Itrag gä is Tagebuech, u zletscht hets wider einischt gheisse. „Lampe brennt."

„Jo das Meitli, was gits ächt einischt us dere," het d Grosmueter no gsüfzet bevor si is Bett ischt. Därung hetere der Bäru kei Antwort gä.

Em Sundi druf si du di vieri di Kamera go mondiere. Das isch nä no nid grad söfu ring gange, wisi gloubt hei. Zerscht ä haubstündigi Velotour, bi paarne Puurehüser vorbie, wone d Lüt läng noche gluegt hei. Äntlige am Zieu es geignets Plätzli sueche. Versteckt hetsi müese sie u glych noch gnue bim Strössli, derno gnau usgrichtet u nächär no ä Funktionskontroue. Bi auem heisi si no zwöi mou müesse verstecke wüu es Outo cho ischt.

„Wo steckscht ou," het Grosmueter gseit, wo s'Meitli erscht bau em Mittag hei cho ischt.

Vilicht siegire gschieder, was mer wei mache, het Barbara täicht, süscht mues si de no mängischt froge womer wider gsy sigi.

„Mir schaffe ame Kriminaufau, mir wei d'Chauberdiebe entlarfe."

„Äch, öppis tums eso. Das chunt dervo, wüd du dis Gringli gäng i dä Kriminauromane inne hescht. Es nämi ume wunger, wi dir im Hasligrabe hing weit di Scheumä verwütsche. Meinit dier, dir sigit schleuer aus Polizei?"

„Nei, aber mir wüsse vilicht scho chli me."

„Chum du jetz cho ässe, süscht verpassemer ämänd no s Sunndi Zmittag wäge dim Kriminaufau!"

Das wär no bau schad gsy. Grosmueter het sech wider einisch aui Müei gä gha mitem Choche. Schwinsbrote hets gä mit Pommfrit u Röselichöli. Nachhär no es Dessär mit brönnter Greme u derzue gschwungni Niedle u Merängge.

Nomm Zmittag ischt Grosmüeti gärn echli go ablige. D Bärble het die Zit vorem Hüsli der Ligestueu ufgsteut u het, wi chönts angersch sie, gläse.

Ämänd ischt d' Grosmueter ou vor s Hüsli use trappet. „I gieng gärn echli go loufe, het si gseit, i wett einischt em Bach no hingere u de go luege, was ou mi Brueder Ärnscht macht im Lämuhüsli hing. Chunscht ämänd ou mit? Es wär immerhin di Götti!" Grad begeischteret ischt Bärble nid gsy. Es het drum grad Hochschpannig gherscht i ihrem Roman. Aber si mües däich der Grosmueter ou einischt ä Gfaue tue, u Götti Ärnscht sig eigetlig ou ä kei Längwilige. Dä wüs viu öppe Gschichte vo Früecher z'verzeue, mängischt ou no veiechli Krimine.

Der Götti Ärnscht het Freud gha, woner Wisite überdcho het. Er mües nä öppis Zobe ufsteue het er täicht. D Uswau ischt zwar nid gross gsy. Klar nied, bime eutere Maa wo mueterseu äleini i däm hingerschte Hüsli im Hasligrabe gwohnt het. Aber ä Durwurscht us der Röiki unä Bitz Chäs heter scho no gha, u Gaffeeboufer ou.

„Du lisischt schiens gärn Krimine," heter zum Meitschi gseit. „Do zum Lämuhüsli gubs auäg ou fascht eine z'verzeue. Do ischt ganz früecher ä Täufer doheime gsy. Mi het jo die denn verfougt use eitwäder hiegrichtet oder ufene Galeere to. Ihn heisi nie verwütscht! Weischt worum? I wüu ders jetz zeige." Er ischt ufgstange u drei Schritt gägene iboune Wangschaft zue, wimese no hüt i aute Puurehüser öppe gseht. Dert heter es Töri ufto u derhinger hets usgseh, wis äbe ime Schaft öppe usgseht. Öppis Chleiderhööge u nes Tablar. Süscht nüt Uffäuigs.

Jetz het Ärnscht das Töri wider zueto u derno mit zimli Chraft innerzi gstosse. Jetz ischt statt em Tablar u dä Chleiderhööge ir Rückwang es Loch ufgange, grad söfu gross dasmä gäbig het chönne düreschlüüfe. Derhinger hets es schmaus Rümli gha. Grad söfu breit, dass si ä Möntsch drin het chönne träie. „Gang einischt ine," heter zur Barbara gseit. Gwungerig ischt s' Meitli dür das Loch düre gschloffe. Dinn ischt nüt gsy, weder ä Britsche womä äuäg aube druf gschloofe het. „Jetz chascht vo inne das Töri zuetue u de heimer wider ä gwöndlige Wangschaft."

„I wott wider use, do in isches uheimelig!"

„Es het ä Griff am Töri. Muescht nume a däm zie."

„Dascht de rafiniert!"

„Gäu, mis Hüsli birgt äbe es Gheimnis. Früecher hani mängischt no Schnaps dinn versteckt, we öppe eine cho ischt vo der Aukehouverwautig."

Jetz het der Bäru, wo natürlig ou mittörfe het no ä Chnoche übercho u dermit ischt das Psüechli z'Änd gange.

Em Grüebli Franz si Vater ischt Puur gsy. S'Grüebli ischt ä mittugrosse Puurebetrib gsy, ömu für Ämmitauer Verhäutnis. Teuwys echli ordli stotzig, aber ömu hetesi druff lo läbe. Näbscht em Land hets ou no ä grosse bitz Waud gha, auso Arbeit gnue fürs ganz Johr. Wi no bi mängem sötige

Betrieb, het mä nüt vo Ferie kennt. Derfür het mes de zwüsche dä Wärch mängischt echli gmüetlig gno. Stress ischt für die Puurelüt es Frömdwort, aber öppis mües mä glych ou ha. D' Froue hei meischtens freud a ihrne Meiestöck u d Manne vom Grüebli si scho so lang dasmä weis go jage. Ä guete Hung u nä schöni Büchse, a däm heisi Freud gha.

Ä Jeger geit nid eifach ume im Herbscht uf d Jagd u kümmeret si süscht s ganz Johr nüt um siner Tier. Das ischt ou bi Grüebli Franzes Vater eso gsy. Ame Sundi Vormitag ischt der Hans auso meischtens i Waud, anstatt z' Bredig. Er het gäng gschpöttlet, dert gseier was dert Hergott aus Schöns gmacht heig. Der Bueb, der Franz ischt viu ou mitim, auwäg wüu i ihm ou scho chli ä Jeger gsteckt het. Es ischt ou gäng wider intressant gsy. Der Vater het nid ume aui Tierli kennt wo i ihrem Waud vorcho sie, ou fascht vo aune Böim, Stude

Pflanze u Blüemli het er der Name gwüsst, u eso isches em Franz nie längwilig worde. Äbe eso ame Sunndi Vormittag isches gsy, wo der Hans u der Franz zäme dürs Wägli uf uf d Egg ueche sie. Zerscht no chli stotzig düre Waud uuf, när übers Strösli wo is Güdu Weidli abe gfüert het, derno no einischt echli düre Waud uuf, ufe Grot ueche. Dert hetmä zwüsche dä Tanne düre dürs ganz Ämmitau uf, u derhinger d' Schneebärge gseh. Grüebli Hans het em Bueb nümm müesse erkläre, wi di Bärge au heisse. Dä hetsä säuber scho kennt. Hingäge hetim der Vater verzeut, winer do einischt ä schöne tonner Rehbock gschosse heig. U dohing i dä Fluegringe het afe mänge Fuchs müesse s'Läbe loo.

„Bischt eigetlig afe einischt bim Höuloch gsie?"

„Nei das bini nied. Du hescht ou no nie öppis verzeut dervo."

„Ets tonner, würkli nyd? De muesi däich das nochehole. Di Fluegringe dert hing

48

gsescht jo. Öpe ir miti hets ä sänkrächte Fluespaut. Offe bis ufe Waudbode abe. Aber dert ischer nid fertig, är ziet sech witer, sänkrächt i Bode abe. Mi Grosätti het gäng gseit, er sig mindeschtens triessg Meter töif u füer diräkt id Höu abe. Das auwäg nid grad. Chum, mir gö einisch go luege." No glie sisi bi dene Fluegringe gsy, u nach paarne Meter bi däm töife Loch wo öppe ä Durchmässer vo sächzg Santimeter gha het. „Weischt Bueb, früecher aube, womer öppe no chli gschliecheret hei, heimer aube do i däm Loch üser Schlachtabfäu entsorget. Hasebäug u Rehtechine. Do het sä de der Wiudhüeter mit sim Hung nid funge. Chascht einisch ä Stei abe lo, u lose wilang dases geit biser dunge ufschlot.» Das heter em Franz nid zwöi Mou müesse säge. Der Bueb het gstuunet, wi lang dases gange ischt. Aber derbie heter no öppis angersch entteckt. „Du Vater, do wärdä auäg gäng no

Schlachtabfäu entsorget. Do are Würze hanget ä Bitz vome Darm!"

„Jo lue, mitüüri!"

„Isches mügli, das do gäng no gwiuderet wird?"

„I gloube ender, dass do Güduweidli Chrigu siner Schlachtabfäu entsorget!"

„Ischt de das nid ou verbote?"

„Jo lue Bueb, es ischt no mängs verbote. Dä Chrigu mues ou luege winersi düre bringt. Är ischt jo Störemetzger. Früecher ischer jo im Winter vo Huus zu Huus, vo Puur zu Puur go metzgä. Hüt törfmä jo das nümm u ömu de jo nid Fleisch verchoufe. Es chunt vo dä Stadtwyber, wo meine si stärbi, wesi einischt es Bitzli Fleisch ästi, wo nid grad wakum verpackt sieg. Oder doheim eso nä Sou metzgä sig ä Tierquälerei. De müesesi z Bärn obe nid meine, sötig Vorschrifte wärdi do i üsne Höger hinge nid aubeneinisch umgange."

Vo jetz a het der Fränzu si Chopf nümm eso rächt bir Sach gha, wenim der Vater öppis verzeut het. Das müeser de morn grad der Bärble säge, heter täicht. Ob das nid es Mosaiksteindli wär zur Uflösig vo ihrem Kriminaufau?

Jetz sig si sicher dass der Güdu Weidli Chrigu Fleisch z'verchoufe heig wen d Lampe brünni, het d Bärble gseit. Das sigere ämänd glich, weners nid öppe gstole heig. Di vier Dedektive hei sich noder Schueu no troffe bim Blaser Peter u hei dert ä chlini Sitzig gha.

„Dasers säuber stiut globeni nied, aber vilicht für d' Scheume metzgä tueters." Dascht em Grüebli Franz si Meinig gsy.

„Was ischt de ufem Tschips vo der Wiudkamera gsy? Hesches scho abeglade i PC? Dir heit doch em Sunndi s erscht Mou gwächslet?"

„Mir lueges de nachär grad zäme a. Aber dir wärdit enttüscht sie. Usgrächnet s Nummero chame nid läse. Es ischt nume ä häue Pflatsch. Warschienlich ischt das Nummero mit irgend öppis fluoreszierendem agstriche worde. Aber süscht ischt mi Verdacht gross, dases di Chauberscheume chönti gsy sie. D Foto ischt nämli datiert vom Friti z Nacht em drü, u genau i der Nacht ischt wider es Chaub gstole worde. Do chöiter säuber luege." Dermit het der Peter si PC aglo. „S Outo vom Brieftreger ischt druf gsy. Es Töffli hets ou gfotografiert gha, warschienlich isches der Chrigu säuber gsy. Derno no verschideni Outo wome d Nummero cha läse. Aui eso zwüsche em Obe em Achti u em Zähni. Das si warschienlich Lüt wo si go Fleisch reiche. Aber intressant wär äbe das, wos Znacht am drüü gfotegrafiert het. Do gsehters. Es ischt ä graue Chaschtewage, warschienlich ä Fiat. Der Chaufeur erchent mä leider nied."

„Wärsch jetz nid bau gschieder mir würdinis mit der Polizei i Verbindig setze?" Het d Julia z bedänke gä.

„Die lachenis öppe höchschtens us, u derzue verwütschtesi nume der Chrigu u di richtige Scheumä wäri gwarnet."

„Was machemer dee?"

„Mi söt s Telefon chönne ablose, die müesesech doch irgendwie amäude wesi em Crigu wei es Chaub bringe. Süscht lüfesi jo Gfahr daser nid doheime wär, oder vilich Bsuech hät."

„Peter, was seisch du do derzue?"

„Machbar wär das scho, aber mir michenis strofbar. Telefonleitig is Güduweidli ueche geit jo tiräkt bi üüs ubere Bach u derno dürne Waudschneise uuf. Witersch Huus ischt keis a dene Dröt. I müest haut öppis paschtle."

„Das lömer gschieder afe no lo sie. I tue mer de überlege wimer witer wei vorgo. Jedefaus di Überwachigskamera lömer vorläufig lo sie wosi ischt. Mir gseh jo de, ob bim nächschte Chauberdiebstau dä Chaschtewage ou wider uftoucht." Eso si di vier Dedektive vorläufig verblibe.

Doheim im Bärgli het s Grosmüeti wider einischt müesse uf d Barbara plange, u wosi äntlige hei cho ischt, ischi afe zerscht übere Chüeuschrank, wüu sä äbe der Hunger plooget het. Derno hetsi doch du afe no ghoufe d Lintüecher zämelege, bevor si hinger d' Schueuufgabe ischt. Si het lang gha, u Fähler gmacht wüu si mit ihrne Gedanke bschtändig bi ihrem Kriminaufau gsy ischt.

Der Sunndi druf si d Julia u Bärble dranne gsy, der Chips go z wächsle. Scho wosi der d Stross uf sie, ischne es Töffli entgäge cho. Wäm isches gsy? Der Güduweidli Chrigu. Gfeuigerwys sisi no nid grad bir Kamera gsy. Täicht heter natürli glych, was ächt die Zwoo doobe wöui. I der Wuche ischt keis Chaub gstole worde u es ischt ou kei graue Chaschtewage abgliechtet gsy.

Ob si überhoupt eso einischt witer chömi? Die bringi sicher das Chaub no di gliech Nacht zum Metzge wosis stäli. De sig aus scho passiert wesis afe merki. Mi müest eifach das Telefon chönne überwache. Ä Bewies müest mä ha, dass Chrigu di Chauber metzgeti. Weme de dä hät, wärs auwäg de am Gschidschte mi siegs der Polizei. Die häti de kener Problem, das Telefon z überwache. Weni einischt im Güduweidli i däm sis Schlachthüsli chönt ineluege. Das müest doch sicher ou es Pfäischter ha. Im Bett het si ä ganzi Site vome Krimi gläse u nachär überhoupt nid gwüsst was si gläse het, wüu si ihrer Gedanke ame angere Ort gha het. Derfür ischere Zinn cho, si chönt doch em Midwuche Nomitag gägem Güduweidli ueche go Brumeli sueche. Grüebli Franz hät jo ä Fäudstächer. Dä chönt si etlehne, u de vom Waudsoum uus vilicht i das Schlachthüsli ine luege. Natürli, we es Chaub oder ä Hut derfo dinne hangeti wärs jo de gäng no nid sicher, das ä Puur im eis vo sine brocht hät zum Metzge. Auso gäng no kei Bewies. Aber wenigschtens ä witere Hiewies.

Es het der Grosmueter nid eso rächt gfaue, das s'Meitli do äleini het wöue go Brumeli sueche. Ob de nid wenigschtens öppe d Julia chönt mitere cho? Das het Bärble gar kei schlächti Idee tüecht u eso het si der Julia telefoniert uf ihrersch Natel u die het churzum jo gseit, nachdäm si no d Mueter ischt go froge.

Em zwöi tüei si warte ir Stross nide. Jo, aber si söu de öppe es Chörbli mitere näh.

Eso si auso di Zwo losgstabet. Mit em Franz sim Fäudstächer. Zerscht dürt Stross hingere u derno dürs Fueswägli uf, wosi jo vom Schoggitaler verchouf här scho kennt hei. Stotzig isches gsy u si hei müesse schwitze. Glägentlich heisi doch do u dert es paar Brumeli funge. Es het ou auergattig Schwümm gha, aber di zwöi Meitli hei ume d' Eierschwümm richtig kennt. Die heisi auerdings ou zämegläse. Nodisno sisi em Güdu Weidli nöcher cho.

„Mir müesse do em Waudsoum no hingere u derno hingerem Weidli ä Bitz düre Waud uuf. Schön i Deckig daseris nid öppe gseht."

„Do isches guet, do gsehmer schön zum Huus, schön ad Vorsite. I gloube das Fäischter ganz lings müessemer beobachte. Dert derhinger mues s' Schlachthüsli sie."

O wetsch. Si hei zwar ä guete Feudstächer gha, aber was hingerem Fäischter gsy ischt heisi nid rächt gseh.

„U wemer de no chli nöcher giengi?" Het d Julia vorgschlage.

„Das wär scho guet, aber de müessemer zum Waud us, u de gsehter is, wener doheime ischt u süscht ömu de öppe si Frou."

„U wemer vo dieser Site ums Hüsli um schliechti? Es hät jo dert gross Houlerstöck."

„Dascht gwüss z'gfärlig. Irgendwie müestimer jo vors Fäischter cho u wener din wär gsiecheris."

Die Zit wosi do grotiburgeret hei, ischt ufsmou eine noch em Soum no der d Site abcho. „Jesses der Weidli Chrigu, jetz hets gfäut, hurti, derglyche tue mir suechi Schwümm. Das do si zwar äuäg giftig, aber mir näse glych." Si hei hurti Brumeli aui is gliech Chörbli glärt. Nid wit vom Soum äwäg si drei gross Miuchpfäfferlinge gsy. Jetz heisi gwartet bis si täicht hei jetz gseise der Chrigu. Derno heisi iferig di Schwümm igsamlet.

„Müester jetz afe do ueche cho Schwümm sueche," hetsä Chrigu apfupft, hoffetlig überchömiter de eso rächt Ranzeweh!"

„Das überchömemer sicher nyd, mir kenne däich d Schwümm!"

Chrigu het no öppis brummlet u ischt schreg dür d Site füre gägem Huus zue.

„I gloube mir heine chönne überzüge, u glych gfaut mer di Sach nid rächt, wüueris jetz scho zwöi mou ir Gäget gseh het. Mir gö däich langsam gäge hei zue."

Chrigu ischt tatsächlig langsam echli misstrouisch worde. Hei di zwo Göre ämänd öppis gmerkt? Ach, was wetesi ou gmerkt ha, heter sich tröschtet.

D'Wuche druf ischt wider es Chaub gstole worde. Därung ir Oschtschwitz uss. Wo du em Sunndi Vormittag Peter u der Franz der Chips si go wächsle, ischt tatsächlig wider der glych Chaschtewage druf gsy. Zit ir Nacht vom Diebstaue am Morge em haubi vieri. Das müesse se sie, di Vagante. Weme ume das Numero chönt läse.

Im Bärgli het sech d Grosmueter ou langsam afo inträssiere für Bärbles Kriminaufau. Aber si het z Bedänke gä, vilicht metzgi ner ou aube einischt eis vo sine Schoof. Das het d Barbara uf d Idee brocht, si chönt di Schoof aubeneinischt go zeue, de wüst si wider öppis me. Das hetsi gmacht u mitüüri hetsä Güdu Weidli Chrigu grad wider müesse gseh. Zwar ume vo witem, aber langsam ischim du di Sach spanisch vorcho. Das Meitli schnöigget mitüüri öppis uus. Die mues irgend öppis gmerkt ha. Woner du der anger Tag no ischt go d Abschleg uftue ders Strössli uf u der Strossegrabe use putzt, er het grad wöue es Pfyfetli Tuback imache,- heter öppis Merkwürdigs gseh zwüsche zwohne Stude düre. Öpis cheibs ischt dert anes Tanndli bunge gsy, mitäme autä Säntiro. Die Sach muesi go luege. Eso nes graus Apperätli isches gsy u mits vordra hets eso nes Oug oder ä Linse gha. Wos du no klick gmacht het, woner vordüre glüffe ischt, ischim du es Liecht ufgange. Dir verfluechte Cheibe, heter abzert, het si Picku gno u das Chäschtli z' liebermänts verschlage. „Jetz muesisä warne, eso geits nid witer."

Es het es knapps Telefongspräch brucht u no der glych obe het im Güduweidli ä Sitzig stattgfunge. Drei gsundiget Herre mit äme Merzedes si derhär cho. Der Chrigu het sä gheisse id Stube cho u dert heter nä siner Bedänke gschiuderet. „Das Verfluechte

Bärgli Meitli het irgend öppis gmerkt. Mir müesse sofort ufhöre, bevor s is de het am Füdle. Mir wei de nid Johrelang z Torbärg obe Gescht sie!"

„Ufhöre tüemer sicher nyd, do derfür louft üsersch Gschäft z'guet. Mir müese ä angeri Lösig finge. Das mit der Überwachigskamera ischt natürli der Gipfu. Gottseidank heimer derfür gsorget dasmä s Nummero nid cha läse."

„Vo mir us gits ume eis, das Meitli mues furt."

„Haut jetz" het Chrigu gseit, do macheni hingäge nid mit, grad ä Mörder bini de no nyd."

„Hani öppis gseit vo ermorde? I ha a öppis angersch täicht."

„Ufhöre mit der Sach, i hiufe nümm!" Het der Chrigu zimli lut grüeft u het mit der Fuscht ufe Tisch gschlage.

„Los Chrischtian, wär heter diner Bankschoude zaut u der d Hypoteg useglöst vo der d Bank. Wo die dis Heimetli het wöue pfände? Vorläufig säge mir afe no wos düre geit, süscht gibis das Gäut ume wet chascht!" Jetz het Chrigu Pfyffe müesse izie.

„Aber de weti jetz wenigschtens wüsse wis mües witer go."

„Du hescht doch gseit das Meitli striech um dis Huus ume! Hescht de no nid gmerkt, dass der d'Banknotätäsche klauet worde ischt, us niemer angers cha gmacht ha, weder das Meitli. Mir wei scho derfür sorge das me das Gäut i ihrem Zimmer fingt. Glichzitig mues no mehrere Orte ibroche worde sie. D Spure vo dene Ibrüch wärde aue em glyche Ort häre füere. Eso macht mä das. De wirt de das Meitli versorget u aus wases de der Polizei süscht no verzeut chascht de du Chrischte aus Lugi abtue. Eso machemer das u üsersch Gschäft louft witer."

„Söfu eifach isches auäg de doch nied. Wär wotere de di Diebstäu i ihrersch Zimmer tue? Soviu dasi weis heisi de im Bärgli ä

Hung u dä hetsi de sicher nid stiu wenn eine wott is Hüsli ine schlieche."

„Mir müesse das Bärgli beobachte. Meischtens geit öppe au Tag einischt öpper eso miteme Hung go loufe. Mir müesse usefinge, wenn. De wird das fürne güebte Profi Ibrächer wi nig eine bie überhoupt ä keis Problem sie."

Si hei gly einischt gwüsst was si hei wöue. Jede Morge wens Meitli id Schueu ischt, ischt Grosmueter ä Viertustung spöter mit em Bäru go loufe. No di glych Wuche het eine passt hingerem Hüsli im Waudsoum obe u wo Grosmueter mit em Hung furt gsy ischt, heter si em Haag no abe chönne is Huus ine schlieche. D Chuchi ischt nidemou bschlosse gsy, u vo dert het ä Tür id Stube ine gfüert u ir dere hets uf jeder Site ä Türe gha. Di eint het i Grosmueters Schlofstübli gfüert u di anger i Barbaras. Dä Ibrächer het nid lang müesse studiere. Dert wo es Biud vom Colombo ar Tür gsi ischt, ischt sicher der Barbara irersch

Zimmer. Drinn het dä Gängschter nid lang zögeret. Er het der Chleiderschaft ufto, u das vortüschte Diebesguet unger d Wösch ungere to, wo zungerischt im Schaft isch ufbige gsy. Das het auszäme nid viu meh weder drei Minute tuuret. Aber dä Gouner ischt no nid fertig gsy mit sir Arbeit.

Näb der Chuchistür si zwöi Paar Stifu gstange. Jetz heter useme Rucksack, woner binim gha het es chlis Chuechebläch füre gno. Statt Chueche ischt dert ä Teigg vo Töpferlätt drinne gsy. Er het eine vo dä chlinere Stifu gno u däm si Sole fescht i dä Lätt drückt. Er het no hurti gluegt, ob dä Abdruck ou richtig grote sieg, hets Bläch wider vorsichtig i Rucksack packt u winer cho ischt ischer wider düre Haag uuf verschwunde. Jetz no fautschi Spure lege! No der glych Tag hetsech Güdu Weidli Chrigu gsundiget u ischt mitem Töffli gägem Stedtli zue. Nid lang isches gange, het eine ufem Polizeiposchte usgrüeft wi wenns ums Läbe gieng.

„Es cha niemerem gsy sie weder das Bärgli Meitli. I hase meder einischt gseh ums Huus um schlieche." Di Ussag heter gäng u gäng widerhout u derzue mit der Fuscht ufe Tisch gschlage.

Der zueständig Polizischt het der Chopf gschüttlet. „Nei eso öppis. Ame süscht scho arme Maa gos Gäut stäle!"

„Do muesme luege," heter gseit u ufene Zödu es paar Notize gmacht.

„Jo, aber churzum, i mues mis Gäut ume ha. Verhaftit das Meitli."

„Bevor mer das chöi, müesemer Bewiese haa."

„Bewise, Bewise, giut de mi Ussag nüt?"

Jetz ischt der Polizischt lansam echli Toube worde.

„Aus ertschts," heter gseit, müester jetz afe ä Azeig mache. Ob de das Meitschi der Sünder ischt, müesse mir de usefinge.

Der Polizischt ischt hingere PC ghocket u het gseit: „auso eue Vornahme. „Christian."eue Nachnahme. „Bichsu"

«Ortsbezeichnig.» „Güdu Weidli". Wohnort? „Däich Hasebett." No der Vorname vo euem Vater. „Für was müester ächt dä wüsse, dir giengit gschider de öppe ad Arbeit! Hans heter gheisse."

„Bi üüs mues äbe aus si Ornig ha. I lüte jetz em Fahnder a. Dä wird de aus Erschts bi euch verbi cho u luege ober Spure chön sichere. Dermit chöntit dir afe wieder gäge hei zue. Süscht siter de ufsmou nidemou doheim wen d Fahndig chunt,"het der Polizischt no gschpötlet.

Christian ischt nume vom Stedtli is Dorf hingere töfflet u het dert vorem Stärne stiu gha. Es ischt süscht eigetlig säute vorcho, daser ikert ischt, u drum heine d Gescht wo scho drin ghocket sie echli stober agluegt.

„So, bischt ou einischt is Dorf abe cho?" hetnä eine gfrogt wo dert am Stammtisch ghocket ischt.

„Jo, i mues cho der Erger abeschwäiche", het dä zur Antwort gä.

„Was ischder de ömu ou über d Läbere kroche?" Het du Grüebli Hans gfrogt wo ou a däm Tisch ghocket ischt.

„Zur Polizei hani müesse, go nä Azeig mache, wüu mer mi Brieftäsche mit meh aus drühundert Franke gstole worde ischt!"

„Ets donner, gits im Hasligrabe hing Scheume?"

„Däich gits, u i weis ou wärs gmacht het. Niemer angersch weder das Bärgli Meitli!"

Jetz het Grüebli Hans d Ohre gschbitzt, er het drum vo sim Bueb em Franz scho chli öppis ghört gha. Das Bärgli Meitschi het jo sinersitz der Chrigu im Verdacht är mach chrummi Sache. Das chön no luschtig wärde, heter fürin säuber täicht.

„Das gloubeder jetz hingäge schlächt, Chrigu! Wiso söt das Meitschi ibräche! Das überchunt sicher aus wos ume dra täicht. Dere ihre Vater schickt dene zwone Froue gwüss Gäut gnue hei, dass si nid müesse stäle!"

„Dir wärdits jo de gseh!» Het Chrigu poletet, u derzue si Zwöier i eim Zuug abe gschüttet.

Em Obe bim Stale het Grüebli Hans sim Bueb verzeut, waser im Stärne vor verno het. Franz ischt zerscht echli verchlüpft. Er het dä Pricht zerscht echli müesse verwärche, aber nachär heter glachet u gseit, die heig däm gwüss kei Gäut gstole. Dä wöu ume vo sine eigete Gounereie ablänke. Aber däm chömesi de scho no uf d Schliche!

Em Morge, wo d Schuer i Schuebus igstige sie, ischt das natürli s' Erschte gsy wo d Bärble verno het. Erchlüpft ischi nid hert, aber ihrersch Hirni het afo wärche. Jetz wärds intressant, hetsi täicht. Ob si sich churzum söu lo verhafte, u de der Polizei aus verzeue, wosi bis jetz usefunge het. Aber es si jo bis jetz aus nume Vermuetige gsy u mit Vermuetige cha nidemou ä Polizeiinspäkter öppis afo. Wi si vermueti, wärd si warschienlig ir nöchschte Zit kei glägeheit ha, a ihrem Fau witer z'schaffe u das grad jetz, wore letscht Nacht i Sinn cho wär wime vilicht dä Bewies chönt erbringe. Obschon der Güdu Weidli Chrigu di ganz Zit töbet u uber di fule Polizischte gwätteret het sisi haut glych ersch der anger Vormitag vorgfahre. Ä Fahnder, eine vo der Spuresicherig u ä jungi Polizischtin. Natürli miteme Polizeiouto. Chrigu hetsi gäng no gergeret. Aber jetz heisi immerhin ihri Arbeit ufgno. Zerscht heisi wöue wüsse wo de der Herr Bichsu di Brieftäsche ufbewart heig gha. „He däich do ufem Stubetisch, wi gäng."

„Dascht natürli echli fahrlässig!"

„Was? Söti ächt de do im Güdu Weidli obe no ä Tresor zuechetue? Das hätti jo nie täicht dasmer do obe einisch öpper öpis chäm cho chlaue."

„Jä nu, jetz isches a auema passiert. Do ufem Tisch ischi auso gläge. Das do ischt der Herr Gigax vor Spuresicherig. I nime a, du wirscht afe einischt luege obd Fingerabdrück fingscht."

„I ha scho chli öppis gseh. Der Dieb mues zum Fäischter icho sie. Do em Fäischterrahme hets Lehm wo warschienlich are Schuesole kleipet isch."

„Natürli ischt die zum Fäischter i cho, für das festzsteume muesme nid Fahnder sie!"

„I bi nid Fahnder, i bi vo der Spuresicherig."

„Aber i bi Fahnder u i wett jetz afe wüsse, wiso das dir meinit, es sig ä Frou oder es Meitschi gsy. Weters jo de grad wüssit, so sägits de gschieder grad wäms isch, dir chöitis de ä huufe Arbeit erspahre."

„Niemer angersch weder das Bärgli Meitli ischt das gsy. Di hani de zmängischt gseh um üsersch Huus um schlieche."

Jetz het dä vor Spuresicherig em Fahder zueplinzlet u gseit: „I mache däich afe glych witer!"

Die Jungi Polizischtin het fliessig ufgschribe was aus gseit worde ischt. «Wenn der Dieb zum Fäischter icho ischt, hets vilicht Fingerabdrück."

„Das gloubeni nied, die het sicher Häntsche agha!"

„D' Polizei gloubt nid eifach, die steut fescht."

„Brigitt reichscht du im Outo s nötige Materiau?"

Sofort ischt die mit em Gwünschte umecho.

„Es het tatsächlig schöni Fingeradrück do ar Fäischterschiebe, aber jetz müessemer no wüsse, ob si nid öppe vom Herr oder vor Frou Bichsu sie. Do derzue müester jetz Beidi euer Häng do liecht uf das Blatt drücke."

„So, das hätimer. Ungersueche chöi mers de erscht im Labor. Jetz weimer veruse vors Fäischter go luege, ob mer dert Öppis fingi."

Die drei Polizischte si jetz vors Hus use, begleitet vom Bichsu.

Tatsächlig, luegit do uf der Terasse hets ä Abdruck vome dräckige Schue. Brigitt machscht du afe es Foto dervo? Vilicht fingemer do uss im Dräck ou no Öppis!"

„Tatsächlig, ä wunderschöne Fuessabdruck. Wi gstoche scharf. Der lingg Fuess respäcktiv Schue. I tipe ufene Stifu ender vome chlinere Möntsch. Brigitt jetz bruchemer der Gips. Wasser hets jo dert bim Brunne." Dä vor Spuresicherig het jetz es höuzigs Rähmli um dä Fuessabdruck i Bode presst, während di jungi Polizischtin der Gibs agrüert het. Der Güdu Weidli Puur het der Sach zuegluegt miteme Lächle uf dä Stockzäng. Dä Ibruch chönn si nid abloubtnä, das Babi. Dovor im Hasebettschuehuus ischt öppis los gsy. Es ischt wines Louffüür der di ganz Schueu.

D Bärgli Bärble heig Gäut gstole, hei d Schueuer enangere verzeut u wider Angeri hei gseit das gloubesi jetz gwüss nyd. Es heisech zwöi Lager biudet. Die vom Grabe heis natürli mit der Bärble gha u die vom

Dorf ender weniger. Äiner hei der Hasligrabe churzum Scheumägrabe touft. Potz donner, dass hei äiner nid ufne lo hocke, u wo du no eine gseit het, dert ischi, dä Scheum, hets du Hopfe Fridu grad ghört u het du diese Packt unim afe eine abglieret. Jets ischt im hui di schönschti Schleglete usbroche. Die vom Grabe gäge die vom Dorf. Die wo nid grad si dri verwicklet gsie hei eitwäder grüft gätne, dene Hasligrabescheume u die vo der Gägepartei: schlöt sä zäme, si heis verdienet. D Meitli hei grüeft hörit doch uuf, aber es het nüt abtreit, bis si du eifach zwüschine gfahre sie u di zwo Parteie eso hei chönne teile. Verschrissni Chleider inegschlagnig Zäng u verblüetet Gringe heisi gha wosi nach der Pouse wider id Schueuzimmer hei müesse. Dert heise du d Lehrer afe eso richtig gmassreglet.

Vor auem heisi dä Dörfler klargmacht, dasme niemerem wägeme blosse Verdacht dörf verurteile, bevor aus bewise sieg. D' Barbara, wo jo süscht ender nid so epfintlig gsy ischt, het jetz müesse gränne. Aber der Lehrer het sä tröschtet u gseit, er glou kei Momänt wosi däm Chrischtian Bichsu öppis gstole heig. Wiso das dä öppis eso gang go verzeue wüser hingäge ou nied.

Im Schuebus wo die vom Hasligrabe no der Schueu wider hingeregrite sie, ischt nid viu gred worde. Jedes het sech mit sine eigete Gedanke müesse beschäftige. Bim Hasligrabe Schueuhuus si ou di vier Letschte usgstige. „Dä Dräcksiech," het Blaser Peter füre brösmet u Grüebli Franz het gseit: „was machemer jetz?" „Vilicht wärs gschieder mir siegi jetz aus der Polizei;"het d Julia gmeint.

„Mir heinis schön stiu bismer wenigschtens chöi der Bewies erbringe, dass dä Chrigu di Chauber metzget. Stäle tueter sä sicher nid säuber, u we jetz Polizei binim geit go ä Husdurchsuechig mache, chaner di richtige Scheume warne!"

„Do hescht ou wider rächt, aber wi weimer dä Bewies erbringe? U du, Bärble? Ufsmou schleipfesi di vore Jugendrichter u de chascht de afe ä Zitlang nüt ungernä!"

„Das wetesi däich di Vagante oder vilicht wetesi sogar no dasi versorget wurd ine Erziehigsastaut. Aber mir ischt di letscht Nacht Zinn cho, wimer ämänd der Bewies chönti erbringe. Du hescht doch verzeut, Fränzu, der Vater heig der ä Fluespaut oder es töifs Loch im Bode zeigt, wo der Güdu Weidler wahrschienlich siner Metzgerei Abfäu entsorget. Dert müestimer churzum, bevor wider es Chaub gstole wird, es Seu miteme grosse Fischhogge äbehäiche, ä art ä riesige Anguhogge us Ise. De gömer de dä öppe zwe Tag nachem nöchschte Chauberdiebstau go ueche zie u luege, was de aus dran hanget."

„Du bischt di Bescht. Di Idee ischt guet, aber wo nämer dä Hooge u es sötigs längs Seu här?"

„Hergottstärne, lueg jetz do, steit doch es Polizeiouto im Bärgli obe!"

Jetz isch d Barbara hert erchlüpft u ihrer Gedanke si ufsmou nümm ganz der Reie no gsy.

Isches jetz Trotz gsy, oder hetsi ämänd Luscht gha, di Polizischte echli em Nahreseili ume z füere? Uf au Fäu hetsi entschide, jetz gang si nid hei, si heig kei Luscht ufenes Polizeiverhör. Si ischt witer glüffe em Bach no düre Grabe hingere u d Buebe heire nume läng nochegluegt u der Chopf gschütlet. Franz het scho ame grosse Hooge ume gstudiert u Peckli ame Igricht, wime däm Crigu chönt s Telefon azapfe.

Dobe im Bärgli het d Schütz Frida nid rächt chönne gloube wasere di Polizischte do verzeut hei. D Barbera heig Gäut gstole? Das sig jo zum Lache. Die heig Gäut vo ihrem Vater das si sech aus chönt leischte wos Härz begärti. Si wöune grad s Kassebüechli zeige, de wüssesi de ob ihri Barbara mües stäle. Das sig öppis vom Güdu Weidler. Dä söu afe vor der eigete Türe wüsche.

„Mir müesse gliech einischt euem Grosching sis Zimmer go aluege. Es ischt üsi Pflicht!"

„Nei auso eso öppis, so chömit."

Der Fahnder Brand het aus erschts chönne feststeue, dass das Zimmer tiptop ufgrumt gsi ischt. Aus zwöits heter es zimli grosses Büechergsteu gseh, mit fascht luter Kriminauromane drin. Aus drits ischt si Blick ufenes offets Tagebuech gfaue wo ufem Tisch gläge ischt. Er het echli drinne bletteret u derzue brumlet: „intressant."

Derwile het dä vor Spuresicherig der Chleiderschaft ufto. Us Erfahrig heter gwüsst, dass we d Lüt öppis wei verstecke, dases meischtens zungerisch im Schaft ungerere Chleiderbiege ischt. Drum heter zerscht dert drunger greckt u churzum ä läderigi Brieftäsche fürezoge. Jetz ischt Grossmueter bleich worde u bau wär si umgheit wensä d Polizischtin nid gha hät. Nei das cha nid sie, nei das cha nid sie, hetsi brüelet. Wiso wet üsi Barbara eso öppis gmacht ha. Du hetere der Fahnder d Hang uf d Achsle gleit, u gseit: Luegit Frou Schütz, es git äbe ä Chrankheit. Si heisst Kleptomanie. Die wo dervo befaue sie stäle äbe aus wosi verwütsche. Mängischt steiriech Froue, wo ganz Kommisionechörb vou stäle, wen si ines Warehuus gö. Es ischt ä Chrankheit u die cha behandlet wärde. Es tuet mer leid, aber es ischt di Brieftäsche wo der Herr Bichsu vermisst. Jetz het em Herr Brand sis Funkgrät pipset. Er ischt hurti echli i Gang use gstange u het si gmäudet. Kapo 24 vo Kapo 22 verstande, antworte. Kapo 22 verstande i mus mäude es si zwe witer Diebstäu im Hasligrabe gmäudet worde. Kapo 24 verstange. Es söu sech öpper drum kümmere. Vor auem söuesi luege ob si Fussabdrück fingi. Mir hei do ä ganz guete Abdruck vome Schue gsicheret. Vilicht fingiter di glyche. „Ou das no," het er gseit woner wider inecho ischt.

„So, jetz müessemer no euem Grossching siner Schue aluege."

„Die si dung näbem Igang ime Schuegsteu."

„I nähm im übrige gärn do das Tagebuech mitmer."

„So näts haut."

„Nimm einischt do dä ling Stifu füre! Nei nid dä, der chliner."

„Was meiniter Herr Gygax?"

„Dascht fascht mit Sicherheit dä, womer ä Abdruck hei derfo, aber für ganz sicher z sie müessemerne no is Labor nä."

„Wo ischt de eigetlig euers Grosching? D Schueu ischt doch sicher scho lang us?"

„Jo, normau wärsi scho lang doheim."

„Aha, die hets Polizeiouto gseh u hetsi verdrückt. Jänu, die chunt de scho wieder füre. Sägitere de, vorläufig passierire afe no nüt. Mir heigi no kener Meitschi gfrässe. Si söusi gschieder nid verstecke. Si söu de morn am Morge nid id Schueu. Mir chöme de wider u tüere de es paar Froge steue.

Wider ufem Poschte het der Fahnder Brand afe einischt i Barbaras Tagebuech gluegt. Derbie heter aubeneinischt der Chopf ghudlet. Näbsch em Wätter wo täglich exakt ischt itreit gsy, si gäng wider bsungeri Ereignis ufgfüert gsy, aus Wichtige, oder ou weniger Wichtige, wo ir Schwitz oder ou uf der Wäut passiert isch a däm Tag. Zum Biespiu, einbruch in Zürich, oder Brand eines Bauernhofes im Oberemmental, oder Teroristenanschlag in Paris und so witer. Das aus isches nid gsy was em Fahnder z täiche gä het. Was seu das bedüte. Ganz unregumässig aber viu, ischt em Schluss vom Tag dä churz Itrag gsy: „Lampe brennt." Was ischt do wichtigs dra, wen ä Lampe brünnt? Was fürne

Lampe? Das wirt doch i däm Grabe hing nid öppe ä Prostituirti ha wo ä roti Lampe lot brünne wesi frei ischt. Ä Müglikeit wärs, aber nid warschienlich.

Jetz ischt dä vom Labor i sim Büro erschine mit der Mitteilig dä Schueabdruck stimm genau mit däm Stifeli übery. Der Brand hät lieber öppis angersch ghört. Aber es sig jetz haut eso. D' Grosmueter het nä vor auem erbarmet, aber di Bewiese sigi jo eidütig. Das Meitschi mües di Brieftäsche gstole ha. Wo du spöter no ä angere Polizischt is Büro cho ischt, u gseit het si heigi bi de angere Ibrüch ou Schueabdrück funge, u die stammi eidütig vom glyche Stifu.

Jetz chani auwäg däm Meitschi nümme häufe, heter fürin säuber brumlet.

Eigetlig hätter jetz Fürobe gha, aber er het no chli i Barbara Schützes Tagebuech ume bletteret. Derbie isches im gäng wider düre Chopf, ob jetz würkli es sötigs Meitschi chön ä Scheum sie. Vor auem hät nä wunger gno, was das fürne Lampe sieg, wo do nach dä Iträg nächtelang brunne het. Das Meitli vermuetet do öppis donnersch derhinger, aber was? u wo brünt si, di Lampe? Das wöuer de wüsse, heter täicht, wener de das Meitschi ivernähm. Usem Labor heter jetz no der schriftlig Bricht übercho vo dene Schueabdrück. Drü Mou der gliech Schueabdruck vom glyche Stifu. Vom Lingge. Drüh Mou vom Lingge? Drüh Mou vom Lingge? I gloube bau, do gits de no Überraschige i dem Fau. Morn schickeni d' Spuresicherig no einischt, u die söui abkläre ob de do niene ä Schueabdruck sieg vom rächte Stifu.

Jetz hetim d Frou aglüte u gseit, ober de dra täicht heig, daser de hinecht no ä Iladig heig vo Zouggs für z Matte anes Musigkonzärt. Das häter jetz mitüri bau vergässe, heter gseit, er chöm grad hei.

Er het kei fürigi Zit me gha. Znachtässe, rasiere u si i di schöne Chleider stürze u los.

Für uf Matte z'fahrer im Gschidschte übere Hasli Sattu, auso fascht dert düre woner hüt scho ä Isatz gha het. I dreine grosse Chere het s'Strössli vom vordere Hasligrabe ufe Satu, mi hät fascht chönne säge ufnes Pässli ueche gfüert. Vo dert a heter no zwänzg Minute gha bis uf Matte. Zouggs si scho zwäggstange vor der Turnhalle u hei ufin gwartet. Der Saau ischt scho bau vou gsy u di beschtä Plätz bsetzt. Mi hät äbe echli ender söue dert sie! Aber s Konzärt ischt guet gsy. Zum Teu modern, aber ou auti Märsch si gschpiut worde, wo em Fahnder Brand bsungersch guet gfaue hei.

Nachem Konzärt ischme no nid grad hei. Schliesslig hets no auergattig gä z brichte mit sim Kolleg u sir Frou. Es ischt du bau Zwöufi gsy, wome enang Adie gseit het.

Gmüetlig isch der Fritz Brand gägem Haslisattu zue. Es ischt praktisch kei Vercher me gsy, u eso heter echli chönne sine Gedanke nohange. Dobe ufem Pässli ischer bau echli erchlüpft.

Was brünnt jez do im Hasligrabe hing, offebar ufeme Hoger obe für nes heiters Liecht? Ischt das öppe di Lampe vo Barbara Schützes Tagebuech. Ufem Haslisattu hets es chlis Parkplätzli gha. Dert heter churzum aghaute u ischt usgstige. Er het no nachem Fäudstächer ufem hingere Sitz greckt u dermit das Liecht gsuecht. Gschpässig. Ä Dachgibu het grad knapp übere Waud usgugget u ganz ungerem Dach obe, mit em Fäudstächer heters genau gse, ischt offebar ä Halogenschinwärfer montiert gsy. Dascht jetz würkli gschpässig. Das mues im Güduweidli sie, womer dä Morge mit der Spuresicherig gsy sie. Di Lampe brünnt würkli nid vernüt di ganzi Nacht. Das het irgend öppis z bedüte. Mir wott schiene, das heissi fürne bestimmti Chundschaft: „Es het de wider!" Vilicht brönnt dä Chrischtian Bichsu Härdöpfler oder weisi was. Irgend öppis heter z'Verchoufe, aber was? Jetz fahreni is Bärgli hingere. Es nimt mi wunger, ob mä vo dert uus das Liecht ou gseht. I fahre de nid bis zum Hüsli. Süscht erwachet de d Frou Schütz. Mues haut de der letscht Bitz loufe. Was sich der Brand vorgno het, heter ou gmacht. S Outo heter im Grabe nide lo sto u ischt uecheglüffe. Kei Schienwärfer heter gseh, u täicht warschienlich gsei mä dä im ganze Hasligrabe niene. Aber woner du zum Hüsli zueche trappet ischt, heter du gseh waser het wöue wüsse. Auerdings heter sofort wider umkehrt, wüu der Hung agä het. Langsam ischim no es angersch Liecht ufgange. Di Barbara spiut Dedektiv u het irgend öppis usefunge. Es mues ä gröseri Sach sie u i gloube bau si weise uf die Art usschaute. Langsam wird's spannend. Mit dene Gedanke ischt der Fahnder gäge hei zue. Zerscht heter däicht er wöu sech morn dä Bichsu go vorchnöpfe. Aber dä Gedanke heter wider verworfe. Wes öppis sieg, wo mehrer beteiliget sigi, tätme die Angere dermit ume warne. Derzue sig jo vorläufig aus nume ä Vermuetig.

Dä Fau het nä jetz eso beschäftiget, daser woner doheim gsy ischt, anschtatt daser churzum is Bett wär, i Barbaras Tagebuech ume bletteret het.

Grosmueter Schütz het ou nid chönne schloofe i der Nacht. S'grosse Eländ ischt überse cho, u wis eso geit i sötige Momänte, mi fot a, mit em Schicksau hadere u de wird's meischtens nume no schlimmer. Ischt jetz das dä schön Läbesobe? Zerscht stirbt mer Hans, derno d Schwigertochte, chum ischt d Barbara zwöi jährig gsy u Jetz weisimer däich s Grosching ou no äwäg nä. I chas eifach nid globe, dass die söu gstole ha. Ä Zitlang het sech Grosmueter mit sötigne Gedanke im Bett ume träit. Wo si eifach der Schlof nid het chönne finge, ischi schlusäntlig wider uuf u id Stube. Aus erschts hetsi dert gseh, dass der Bäri der Barbara ihresch Jäggli i sim Näscht het. Das häter eigetlig gwüsst, daser das nid söt, aber der Grosmueter ischt ä Träne übere Chopf abglüffe. Statt das si mitim bauget het, het si nä gstriechlet u gseit: „So hescht ou längi Ziti nore?" Wi gäng hetse der Bäri verstange u het liesli gsühnet.

„Gloubscht du, das üsi Barbara ä Scheum ischt?" „Nei gwüss wäger ischt das kei Scheum!" Derzue het er d Grosmueter mit grosse trurige Ouge agluegt. Wen der ume chönt säge wasi weis! Du chascht zwar mitmer rede u i versto aus. Meischtens weischt jo ou wasider fürne Antwort gibe. Aber äbe, das woni der wett säge versteischt äbe nied, wüui äbe doch nid cha rede. I weis scho lang wis gange ischt. Der vorder Morge, womer vom Wandere si zrügg cho, hani gschmöcht dass öpper i üsem Huus gsy ischt. I ha sogar gschmöckt, das öpper der Bärble ihrer Stifu i dä Finger gha het. Ou hani gschmöckt das dä i Barbaras Zimmer inne gsy ischt. Hescht de nid gseh wini a däm Stifu gschmöckt ha? U woni dinn a Bärbles Zimmertür kratzet ha, heschmer no wüescht gseit anstatt dasd mi begriffe hätisch. „Jo, jo Bäru, du bischt zletscht der einzig womer no blibt. Jetz hets Bärgli Frida no mitem Fernseher probiert, aber si het nüt funge wosä hät chönne vo ihrem Chummer ablänke. Derno het si Zitig füre gno, wosi scho afe einischt dürebletteret gha het. Wi das ou afe gang uf der Wäut, hetsi einischt mee müesse feschtsteue. Di Flüchtlinge, wo z' Tuusige wys übers Meer chöme u fascht au Tag ame Ort ä Teroraschlag. Bombe abgworfe übereme Spitau. Es mues jo eso cho, wens Terorischte aus Schutzschiud benütze. Sich ime Spitau verschlüfe, di Feiglinge, wüu si anäh, es Spitau wärd sicher nid bombardiert. Wesi ame Ort ä Kampf verlüre houesi hurti der Bart ab u schaffe ame Ort ufeme Fäud oder Acher u tüe, wi wesi nie keis Wässerli trüebt hätti. Wi chönt me sä eso usrotte ohni das aschtändigi Lüt nid ou zu Schade chämi? Gäu Bäru, do hätis mir no schön im Hasligrabe hing, wen jetz nid di Gschicht mit der Barbara wär." Jetz ischt der Bäru ufgstange, hetere zerscht em Meitli sis Jäggli uf d Schos gleit u derno der Chopf u eso ischt d Frida äntlige höcklige igschlofe. Der Fahnder Brand ischt der anger Morge scho gly wider ufem Poschte gsy. Aus Erschts heter vo sine Kollege wöue wüsse ob si jetz ame Ort rächti Fuessabdrück funge heigi. Kei einzige, hei di zur Antwort gä. Das hetim si Verdacht es witersch Mou bestätiget. Jetz häter eigetlig is Bärgli hingere wöue, go luege ober jetz d Barbara Schütz aträffi ure de es paar Froge steue. Aber do het du s Telefon glüte. Es ischt der Chef gsy. Är söu sofort i sis Büro cho. Do heter natürli müesse fouge.

„So Brand," heterne apfuft, „was ischt eigetlig los mitnech. Dir heit eidütigi Bewiese dass di Barbara Schütz gstole het, u anstat sä em Jugendrichter z übergää, löterse frei lo desume loufe."

„Herr Fridli, i ha der Verdacht, hinger der ganze Sach chönt öppis viu Grösersch schtecke!"

„Dir wüsst ganz genau, dass me miteme Verdacht nüt cha afo. Bewiese brucht mä u die heiter. Dir düet mitem Verzögere vo däm Fau nume Chöschte verursache."

„Mängischt bruchts echli Gedout Herr Fridli, i gloube i sig dermit de no nid gäng schlächt gfahre!" Der Fahnder het jetz ä rote Chopf gha, ischt ufgstange u het em Chef sis Büro ohni Gruess verlo. Er het sech ufgregd. Bi jeder Glägeheit probierim der Chef eis uszwüsche, aber därung wärder de vilicht no stune! Er het churzum ä Jagge agleit, het sis Büro verlo u ischt is Privatouto ine ghocket. Er wöu go luege ob jetz di Barbara Schütz wider füre cho sieg. Es sig jo Samschti, vo däm här hätsi jo nid id Schueu müesse. Es ischt im glych bi auem es Rätsu gsy, wiso das si das Meitli het müesse verstecke. Wenn si jo das Gäut nid gschtole gha hät, hätsi jo ou no gar nid chönne wüsse, dases i ihrem Schaft gsy wär! Bis jetz heter jo das Meitli no gar nid glert chenne. Wiso geischteret de der Gedanke i sim Chopf ume si sig unschoudig?

Es innersch Gfüeu, winer scho mängischt eis gha het, u wone spöter de meischtens zum Zieu, oder zum Verbrächer gfüert het. Der Chef hetim zwar scho mängischt fürgha, ä Polizischt löisech nid vo Gfüeu lo leite, drum heter sä ou meischtens für sich phaute u nid usplouderet, siner Gfüeu.

Uf däm Fährtli i Hasligrabe hingere heter sich du echli chönne beruehige. Er het für churzi Zit echli vergässe daser Polizischt ischt, u het sich am schöne Wätter u a dene viune schöne, bluemegschmückte Puurehüser gfreut, wo z beidsitig vo der Stross gstange sie.

Im Hasligrabe hing no ders Stützli uuf u parkiere vorem Huus.

Nid grad miteme freudige Gsichtsusdruck hetim Grosmueter ufto woner a d Hustür topplet het. Er hetere grad agseh was si het ufem Härz gha u drum heter gseit: „Auso ischt si no nid hei cho. Derbie hätire ume wöue es paar Froge steue. I gloube nämli nid, dass si das Gäut gstole het. Miner Ermittlige gö ine angeri Richtig. Nume chani nid begriefe, wiso dass si si mues verstecke, wesi unschoudig ischt. I mues nech grad erlig säge, Frou Schütz, i gloube dir wüsstit genau wo euers Grosching ischt. Das müester mer ou nid verrote. Dir müest mer ume säge, ob si dert guet ufghobe ischt u kei Gfahr besteit fürse. Wüster, wemer müesse ä Suechaktion starte, vilicht mit Hüng oder sogar ame Helikopter choschtet das ä Hufe Gäut u das wetimer lieber nied. Auso, i meine, isch si ame Ort in Sicherheit? Dir bruchit ume z nicke, wes eso ischt." Si het gnickt. „Guet wender chöit Verbindig ufnäh zuere, so sägitere, si söu ume wider hei cho. Es passierire überhoupt nüt. I cha leider no nid meh säge. Nume Vermuetige gäute bi der Polizei nüt. Vilicht nume, i heig ä heissi Spur, vilicht di glych wi euers Meitschi ou. Si söu hei cho aber sich no chli doheim stiu ha. Es schati vilicht nüt, wenn d Lüt gloubti si sig ir Chefi. Das gieng jo guet, wüu si grad Schueuferie het. Wenn si de doheim wär, wäri de froh, wen der mer tätit alüte, i wett sä drum de glych no Verschidenes froge. „Übrigens Frou Schütz, no ä Frog," Der Fahnder het scho adie gseit gha wonim das i Sinn cho ischt. „Treit eigetli euersch Grosching viu Stifu? Zum Bischbiu ou wesi witer furt geit?" „Jo chöit täiche! Nie! di het di ume a, wesi öppe i Garte geit, oder süscht öppis macht ums Huus um. „Danke für d' Uskunft u vorläufig uf Widerluege."

Dovor im Dorf hets der Brand tüecht, eigetlig wärs jo Samschti u är chönt sech wenigstens ä Znünipouse gönne. Eso heter vorem Rössli parkiert u het sech dert es

Gaffee unes Iklemtnigs gönnt. Usgrächnet am Näbetisch hei drei euter Manne übere Fau Güduweidli dischpidiert. Das Meitli sig schiens gäng no nid füre cho, het eine gmeint u der anger het gloubt, die chöm vilicht überhoupt nie me füre u der dritt het gseit, er gieng die i Hasligrabe Fürweier go sueche. „Äch was Tumms! Die het sich dervo gmacht. Sicher mit Outostopp. Die ischt sicher scho lengschtens im Usland. Sötigi Pfiri wüsesech scho z häufe." „Myy tuuret ume d Schütz Frida. Die hät sötigs nid verdienet. Schliesslig het si mängi schwäri Burdi müesse träge." „Jo, du seisches, du seisches."

Grad zum Lache sigdas nyd, hets der Fahnder tüecht u glych heter echli müesse schmunzle.

Ufem Heiwäg vo dert is Stedtli heter sech du überleit, är wöu de mit em Jugendawaut rede u zwar bevor im de der Chef wider a Chare fahri. Filicht heigim de dä ä Erklärig wiso das si es sötigs Meitschi verstecki wenes doch nach sine Ermittlige überhoup ä kei Stroftat begange heig.

Er erledigi das em Gschidschte grad, de heiger wider öppis hingerim u eso heter der Jugendawaut grad i sir Privatwonig ufgsuecht. Herr Schulz het dä Maa gheisse u wonim der Fahnder erklärt gha het um was dases gang u waser fürne Verdacht heig, ischt dä gärn bereit gsy, nim witerzhäufe sowit dases im mügli sieg.

„Vierzähni sigs, dass Meitschi, heiter gseit, de chöntes sie, dases grad eso richtig ir Pubertät wär. Sötigi Ching, oder äbe nüm ganz Ching si mängischt schwär zbegryfe. I ha das säuber a mim Meitschi müesse erfahre. Plötzlig ischt aus nümme guet. Jedes Wort wome zuene seit ischt fautsch. Si wärde zu richtige Trotzchöpf. Kei guete Rotschlag näsi me a u wesi hundert Mou wüsse dass si Unrächt hei, bhoubtesi s Gägeteu. Es cha sie, dass sech di Barbara eifacht es Vergnüege drus macht, d Polizei em Nareseili ume z füere. Aber es cha ou no anger Gründ ha. Vilicht hetsi Angscht voreme Justizirtum u filicht wotsi ou ume nid verrote, was si säuber usefunge het, wüu si täicht si wärd glych ume usglachet. I hoffe, i heig nech einigermasse chönne erkläre, was eso es Jugendlichs cha für Gedanke ha, wo chum öpper cha errote oder erkläre. Näter no es Käfeli Herr Brand?"

„Gwüss gärn, wesnech nid zviu Umstäng macht."

Dohing im Bärgli het d Grosmueter, chum ischt der Brand furt gsy, ihrem Brueder is Lämuhüsli hingere aglüte.

„Grüesti Ärnscht, gäu du weischt scho wiso dasider alüte. D Barbara ischt jo hoffetlig bi dir!"

„I chas däich nid ablougnä, aber hoffetlig gloubscht nid ou, si heig Gäut gstole."

„Nei, das hani nie gloubt u nidemou der Fahnder gloubts. Chaschmer jetz d Bärble as Telefon gä?"

„Hoi, was machscht ou für Gschichte?"

„Gschichte mache nid yg, die macht der Güduweidler!"

„Wetischims ume chöntisch bewiese!"

„Wi wetinims de chönne bewiese weni i Ungersuechigshaft wär?"

„Der Fahnder Brand het gseit, du söuisch di nume nümm verstecke, es passier der nüt. Är heig ä heissi Spur, aber er törf no nüt verrote. Är seit, es wär guet, wend di no chli chöntisch doheim stiu ha. D Lüt söui nume rüeig globe, du sigischt i Ungersuechigshaft, aber es paar Froge weter der gärn steue. Er seit, i söu nim de alüte wend doheim sigischt."

„Wenn söui de hei cho das mi niemer gseht?"

„Chunscht däich nid gärn wes feischter ischt, aber vilicht chum Ärnscht miter?"

„Ärnscht, d Grosmuetter meint, obd ächt mitmer hei chämischt, hinecht wes de feischter ischt?"

„E mou, das wär mer jetz nid hert zwider."

„Guet de chömemer de.»

Es ischt du öppe Zähni gsy wo Ärnscht mitere derhär cho ischt. Erklärige si im Momänt kener abgä worde, aber d Grosmueter het scho Gaffeewasser zwäg gha, u hurti es paar Stierenouge überto. Die het Ärnscht fürs Läbe gärn gha. S Meitschi ischt du froh gsy, dases wider i sis weiche Bett het chöne go lige u ischt churzum ungere gschloffe.

„Ärnscht, du chascht do schlofe wend woscht."

„Danke, aber i go lieber hei, miner Tierer wei em Morge ou z Frässe."

Grosmuetter het em Fahnder Brand am angere Morge aglüte, d Barbara wär jetz doheim, dä hetere danket aber gseit, es sig jo Sunndi u söfu pressieris jo ou nid grad. Er chöm de am Mändi em Morge. Es sigi jo schiens Schueuferie.

Eso heter am Mändi em Morge em Achti im Bärgli a Tür topplet u d Barbara ischt grad säuber cho uftue. Grad es schlächts Gwüsse heig si auäg nyd, wäg ihrem

Versteckspieli, hets der Brand tüecht, jedäfaus hetsi kener Hemmige zeigt. Si het nä gheisse id Stube cho unim bim Tisch ä Stueu abote.

„So Meitschi, geits der guet?" het der Fahnder gfrogt für nes Geschpräch i Gang z' gä.

„Eigetlig scho wen di donnersch Verdächtigunge nid wäri."

„Die chöimer hoffetlig churzum wiederleg, aber du sötischt mer äbe echli häufe derbie."

„Wenns um das geit chaninech nid meh säge, weder dasi niemerem kei Gäut u ou süscht nüt gstole ha!"

„Weischt wasi gloube, Meitschi, für irgend öpperem weischt du zviu u mi woti eso usschaute. Stimmts?»

„Herr Brand, was ig ha, si nume Vermuetige, u mit Vermuetige cha jo Polizei bekanntlig nüt afo."

„Das stimmt, u nachdäm i dis Tagebuech gstudiert ha, hani warschienlich di

Gliechlige u vilicht chöntimer d Wohrheit usefinge, wemer änang houfi."

„I gloube, i sig uf der richtige Fährte, Herr Brand. Dir müest mi ume no chli lo Mache, sobaud dasi weis wasi mues wüsse, mäudemi bi euch, es geit vilicht gar nüm söfu lang."

„Barbara, ischt das nid echli gfährlig, was du do machscht? I weis jetz scho, was i dir vorgeit. Diner vile Kriminä wot hescht i dim Büechergsteu lömi ou Öppis lo vermuete. Vilicht lodi doch im gschidschte no chli lo mache." Das heter gseit, aber derbie täicht är mües echli es Oug uf das Meitschi ha, daser de di rächt Zit chönt igriefe wens de gfährlig wärd.

Er hetsi du churzum wider verabschidet u derfür ischt d Bärble aktiv worde. Jetz mües ä Hooge i das Loch abe ghäicht sie u zwar sofort. Drum ischi churzum as Telefon ghanget u het afe einischt em Peter aglüte. Dä het du der Vorschlag gmacht, si söti aui

zäme cho u nä Plan schmide. Am beschte
bi ihm. Är sig jo eleini im Huus.

„Auso, lüt du em Grüebli Franz a, wei säge
z Mittag em eis bi dir, de lüteni de der Julia
a."

„Guet, abgmacht."

No bevor der Grüebli Franz a di Sitzig ischt,
ischer no einisch hingere Spicher di auti
Eichte, oder Kultivator, het mä däm
Arbeitsgrät frücher gseit, go aluege. Die
ischt dert i höche Nessle in fascht igwachse
gsy u langsam verroschtet. Aber dert dra
heter scho lang öppis entdeckt gha, wo
ämänd eso nä Fischhooge gä hät wisi für
ihre Plan söti ha. Di Eichte het nämli vier
Zilete verschideni Zingge gha. Ir erschte
Zilete eso Schüfeli, wo nachem Achere d
Fuhre hei söue verschriesse, di zwöiti
Zilete gradi Zingge wo der Härd afe hei
söue lockere. Di driti Zile si de äbe Hööge
gsie, wos der Franz tüecht het, us dene
gubs grad eso nä Fischhooge. D' Frog sig
ume, ober de eine chönn abnäh. Do sig

sicher aus verroschtet u d Nesslä mäie müester de ou no vorhär. Mit däm Wüsse ischer du am eis bim Peter nide gsy, wo di angere Zwo ou grad itrudlet sie.

„Auso, jetz mues öppis go, jetz mues ä Hooge i das Loch abe ghäicht sie. Mir wei bespräche, was mer derzue aus bruuche u wimer wei vorgo."

„Wägem Hooge häti filicht öppis," het Fränzu gseit. Ä chrumi Zinge vo üsem aute Kultivator. I weis ume no nied obi sä cha abnäh. Vilicht sötisch mer de cho häufe Pekli!"

„Wi gseht de dä uus?" het d Bärble wöue wüsse.

„Gimmer es Blatt Papier unes Bliestift, de macheder de ä Zeichnig u wäg der Grössi, si het öppe e haube Meter Durchmässer."

„Dascht gwüss grad das womer müesse ha," het du Peter gmeint woner di Zeichnig gseh het.

„Auso, was bruchemer süscht no?"

„Vor auem es längs Seu."

„Giengs ächt nid ou mitere starche Schnuer?"

„Es chönt de ordeli Gwicht dra hange, de chöntimer de are Schnuer zweni guet zie. Es mues scho fascht es Seu sie."

„Das chönt no schwirig sie, es Sötigs längs Seu z' finge."

„Wüster was, i gloube i heigs," het du Peter gseit. „Mi Vater ischt früecher z Bärg, i gloube do hangeti no es auts Gletscherseu dohing i üsem Schöpfli. I go grad go luege."

Tatsächlig heter eis derhär brocht.

„Jetz müessemer nume no luege wi läng dases ischt!" Das ischt du der Julia Zinn cho.

„Auso, lömersch uf u mässes."

Si si du brezis uf driessg Meter cho.

„U we des Loch töifer ischt?"

„Mir söti sowiso das Seu mitere starche Schnuer verlengere, das mer s mit dere chönti wit is Loch abe lo us de nächär wider dermit ueche zie. Ä Schnuer lies sech ender verstecke weder es Seu. Die chöntimer echli i Härd igrabe u witer ung ame Tanndli abinge."

„Wo nämer de wider ä sötigi Schnuer här?"

„Die wüunech bsorge," het du Franz gseit. Wosi zu üs uche der Strom i Bode to hei, heisi s Kabu mitere länge Schnuer der d Rohr ufgschrisse. Das het hert gha, u si hei mitere chline Seuwinge zoge. Zletscht heisi gseit, wemer di Schnuer wöui, chönimer se ha. 150 Meter Schnuer stiengi zur Verfüegig."

„U ietz, wi geits witer?"

„I weis nid wilang dasi ha, für di Zinge abz näh," het Franz gmeint. „Im Gschidschte chämischt mir cho häufe. Wemerse de hätti, michimer nech de Pricht u de giengimer de di Sach zäme go irichte. »

Der Peter ischt du mit em Franz is Grüebli ueche u dert sisi druflos. Zerscht het Fränzu ä Sägesse u nä Gable greicht. Franz het gwüsst wime mitere Sägesse umgeit, het d Nessle abghoue u Peter het sä mit der Gable äwäg gruumt. S ganze ischt no veiechli ä Kunscht gsie, bsungersch zwüsche dä Eichtezingge inne.

Jez si di Hööge mit Briede am Eichterahme agschrubt gsie. Das wär keis Problem gsy, wenn d Schrube nid totau verroschtet gsi wäri. Der Franz het Schlüssle greicht, u di zwe hei gsuecht weler Schrube das ämänd em Wenigschte verroschtet wäri. Für dass si di Schlüssle hei chönne asetze, heisi zerscht echli müesse der Roscht abtopple. Si hei Aus probiert. Sogar der Schlüssu verlengeret miteme Rohrstumpe. Si hei Hoffnig gha, wen si sä nid chöni lööse verheiesi de vilicht ab. Aber ou das ischt nüt gsy. Mängischt bringt echli studiere meh weder Gwaut. „Heiter kei Trennschibe?"het ufsmou Peter gfrogt.

„Du hescht rächt, mir müesse di Muetere abfrese. Ä Trennschibe heimer scho."

„So reichse!"

„Chum ume ou grad mit, mir müesse schliesslig ä Kabutrumle ou no ha!"

Es ischt veiechli es Wili gange bis si der Strom hingere Spicher ueche greiset gha hei.

„Weischt was, mir sage nid d Schrubegringe ab. Wemer das mache, heimer de zwar ä Hooge, aber dä het de keis Loch fürs Seu azmache. Mir houe gschider ä Bitz vor Iseschine use. De chöimer de s Seu alitsche u es rütschtis de nüm ab»

«Mi chönt ou es Loch i Hooge bohre."

„Söfu ä grobe Bohrer hei mer kene."

„Auso, de houemer haut ä Bitz vo der Iseschine use."

„Leg de ä Schutzbriue a, süscht machscht de ämänd no d Ouge kabutt."

Dascht nötig gsy. Das het schön Gluet desume gschprützt. Hoffetlig züntemer nid no der Spicher a.

Es ischt du bau Obe gsy, womä du dä Hooge äntlige usegfreset gha het. Hinecht gömer däich jetz di Sach nüm go Instaliere. Mir mache dä Meitli Bscheid, mir gangi de am Morge druflos. Em Nüni bi mir im Grüebli.

Bärble het schlächt gschlofe, wüu si fascht nid het möge gwarte bises Morge gsy ischt. Derby ischere mängs düre Chopf. Nid ume a ihrem Kriminaufau ume het si gstudiert. Si wohn jo mit ihrer aute Grosmueter im Bärgli. Was ächt de mitere passierti, wenn d' Grosmueter ufsmou nüm do wär? Müest si ächt de ame Ort aus Verdingching witerläbe? Hoffetlig nied. De müest eifach de der Papa sofort hei cho. Sötig Gedanke hei sä beschäftiget use nid lo schlofe. Schlussäntlig ischi du doch igschlofe u du söfu spät erwachet, dass si bau chum me Zit gha het Zmorge znäh.

D Julia het scho gwartet em Bach nide u di Zwo si doch du knapp em Nüni im Grüebli acho. D Buebe hei scho ufse gwartet u gross Ruckseck zwäg gha wosi ihrer Sache drin verstouet gha hei, woby der Eichtezingge no obenuse gluegt het.

D Meitli hei nüt müesse träge. Derfür hei d Buebe gschwitzt düre Waud uf. Uf der Egg obe gleitig über d Stross. Es het sä niemer söue gseh. Grad rächtzitig sisi wider im Waud verschwunde. Es Töffli het gsuret u usgrächnet Güduweidli Chrigu ischt derhär cho.

„Jetz wüssemer wenigschtens daser furt ischt u nid ufsmou mit Metzgabfäu zum Flueloch chunt!"

Es ischt jetz nümm wit gsy bis ungers Flüeli ueche zum Loch, wosi ihri Faue hei wöue richte.

Dert het mä afe einischt echli müesse verschnuppe, bevor mä du d Ruckseck uspackt het. Für vor auem dä Meitli z demonschtriere wi töif de das Loch sieg het Franz afe einischt ä Stei abe glo. Wo Bärble ghört het wi lang dases gange ischt bis dä ufgschlage het, het si Chummer gha, s Seu sig de zweni läng.

„Für das heimer jo de no ä längi starchi Schnuer."

„Ender hani Angscht der Hooge chönt verchlemme u gar nid abe möge."

„Das gseh mer jo jetz de glie."

„Auso, bingemer afe der Hooge as Seu."

Ä Puurebueb weis öppe wime ä Chnopf macht daser de nid öppe ufgeit im tümschte Ougeblick.

Jetz ischt der gross Momänt cho u aui Vieri si gsy wi uf Nodle. Geiter ächt abe dä Anguhooge? Ischt s Seu ächt läng gnue. Meter um Meter ischt das Ise dür das Loch abgrasslet. Scho bau het Fränzu s' Ändi vom Seu i dä Finger gha.

„Wei d Schnuer achnüpfe," het du Peter gseit, „bevor is de Seu is Loch abe gheit."

„Du hescht rächt, de wär de aus für d Chatz," het du d' Julia z' Bedänke gä.

„Wi machemer jez die Sach zäme, dases de sicher het?"

„Mir müese ä Lätsch is Seu mache, u derno d Schnuer dürtür zie use guet verchnüpfe."

„Guet, i has Seu, dases nid dervo rütscht u du bingscht d Schnuer a."

Jetz het mä dä Hooge ändgüutig chönne abelo. Es het gar nüm viu vo der Schnuer brucht, bis di Sach dung gsy ischt. Höchschtens no öppe zwe Meter. Grad söfu, das mä s Seu nümme gseh het.

„U jetz, wi geits witer?"

„Jetz chrauemer do im Waudhärd es Grebli use, lege nachär d' Schnuer dri, u bingese dert ung a däm Tanndli a. Fürs Grebli use z'chraue hani em Vater si Gletscherpicku noche gno," het Peter lo wüsse."

„Du hescht de scho veiechli öppis täicht dä Morge," het du d Barbara gschpöttlet."

„Mängischt nützt äbe eso nes Hirni me weder viu Chraft," het Pek ume gä.

Was no het müesse gmacht sie, heisi glie erlediget gha. No luege, dasmä d Schnuer niene gseh het u aui Spure verwüsche.

„Wemer jetz nid Erfoug hei, weisi de nüd meh."

„Du hescht Rächt, aber jetz gö mer zu mir hei go luege, obis d' Mueter nid öppis Znüni heig."

„Das wär schön, Hunger häti hingäge," het Bärble gseit, wüere scho lang der Mage grumplet het.

Bim abeloufe is Grüebli heisi no es luschtigs Liedli gsunge, wosi letschthin ir Schueu glert gha hei. Vor auem d Julia ischt ufgsteut gsy. Si hets fascht nid chönne fasse, dass si ufsmou ufgno worde ischt, aus Mitglied vore verschworene Klicke. Wen ume ihri Mueter der Droht ou fung zu dene Lüt im Hasligrabe hing.

Grüebli Berta het auäg scho uf di Ching gwartet. Es ischt ömu scho es bravs Znüni ufem Tisch gstange wosi itrudlet sie. D' Mueter het scho chli gwüsst um was dases eigetlig geit. Si het zwar nid so rächt ane Erfoug chönne gloube, aber mi mües di Ching ou öppis lo mache, het si zu ihrem Maa gseit, wo echli s Muu verzoge u glächlet het. Das het di vier verschworene Dedektive nüt gstöhrt. Die si miteme Heisshunger ufs Znüni los u hei derbie fescht a ihre Erfoug gloubt.

Yetz mües si aber tifig hei, het du d Bärble ufsmou lo wüsse. D'Grosmueter wärd de süscht masleidig, wesi der haub Vormitag kochet heig u de niemer chöm cho ässe. Si si du grad aui ufgstange, hei em Franz u sine Euter danket u adie gseit u si düre Hoger ab me gsprunge weder glüffe. Dung ir Stross het jetz d'Julia füre is Schueuhüsli müesse, Peter no ä Bitz dert Stross hingere ud Barbara, obsi düre Wäg uf is Bärgli ueche. Scho vo witem hetsi es feins Düftli gschmöckt wo us der Chuchi cho ischt. Vo Gottlet u Pomfrit, hetes sä tüecht.

D Grosmueter het bugeret, jetz hätsi de öppe eleini gässe, wesi de no lang nid hei cho wär.

„So, heit der jetz eui Faue grichtet?" hetsi gfrogt. Si het du äbe ou langsam Inträssi übercho a däm Kriminaufau. Lang hetsi täicht gha, das sig eso nes richtigs „Hirngespinscht" vo ihrem Grossching. Vor luter Läse vo Kriminauromane gsei di sicher i aune Egge Räuber u Verbrächer.

Aber wo du di Sach ufsmou sogar Polizei beschäftiget het, hetsi du erchennt, es mües auwäg scho öppis dranne sie. Aber ob si de do schlusäntlig di Schoudige chöni entlarve, a das het si nid eso rächt gloubt.

Obschon d'Bärble erscht grad Znüni gha het, hetse doch das Zmittag überus guet tüecht u d Grossmueter het Freud gha, wosi sä grüemt het. Sogar es Dessär hets du no gä. Brönti Greme.

Si hei du ab auem Ässe gar nid gmerkt, wisi der Himu mit schwarze Wouche überzoge het, usi es Gwitter zämebrauet het. D Barbara het eigetlig gmeint, si wöu de nom Zmittag vor s Hüsli i Ligestueu go läse, aber us däm hets du nüt gä. Scho glie hei di erschte Blitze zuckt u es ischt bi längersi feischterer worde.

„Das git es Uwätter," het d Grossmueter profezeit, i has scho lang i aune Glider gschbürt."

Über d' Höchegg i isches cho wine grossi schwarzi Wauzi. Ä starche Luft ischt ufcho u mi het es uheimeligs Rusche ghört. „Das dütet ufenes Haguwätter mir wei go der Garte tecke, so guet das mer chöi. Für das het Grossmueter ä Biegete auti Lintüecher gha. Zerscht über d' Bohne, die rouimi am Meischte. U dä schön Salat!, der Bluemchöli u de der Chabis u der Chööli. Scho si di erschte Steine cho. Knapp hei di Zwoo der gröscht Schade chöne verhindere mit ihrne Tüecher. Jetz si Hagusteine abeprasslet so gross wi Boumnuss. Söfu lang bis der Hasligrabe usgseh het wi wens gschneit hät. Het das Gwächs drigseh! Hoffetlig hei Puure ä Haguversicherig! Do ischt meh u minger aus kabutt gsy. Aber ou dä Öpfu u Biräböim hets weh to. Die hei chum me Loub gha u d Frücht si au verschlage gsy. „Das het jetz ömu müesse sie," het d Grossmueter gsüfzet u het ä Träne abbutzt. „Was het ächt do der Hergott wider täicht! Häter doch das Haguwätter dene gschickt wo nüt gschiedersch wüsse weder di ganz Zit z'chriege u änangere z'töde!" „Derfür haglets de dert Bombe u Granate, dascht de no viu schlimmer," het d Barbara erwideret, u ischt churzum i ihrem Zimmer verschwunde. Sogar der Bäru het gmerkt, dass siner Froue hert truurig sie, het der Schwanz izoge, usi hingerem Ofe verschloffe. Aber es het aus Jammere nüt gnützt. D' Lüt heisi dermit müesse abfinge u haut der Gurt echli änger itue.

Im Stedtli, ufem Polizeiposchte si der Fahnder Brand, der Gygax vor Spuresicherig u di jungi Polizischtin ume Tisch um ghocket u hei grotiburgeret was si wöui ungernä, nachdäm sä der Chef der Herr Fridli wider einisch zämegstucht u a ihri Pflichte gmahnet gha het.

„Mir chönti natürli dä Bichsu afe einisch ufe Poschte nä, unim eso richti d Höu heiss mache. Immerhin ischt dä Fleischhandu wo dä jo offesichtlig betribt sowiso illegau." Eso het si der Gygax vor Spuresicherig güsseret.

115

„I finge das kei gueti Idee. De si de di eigetlige Verbrächer gwarnet u mir verwütschese nie." Dasch em Brand si Meinig gsy. „Was meinscht de du Brigit" heter di jungi Polizischtin gfrogt. „Ob ieg einscht mit däm Meitschi söt go rede? Vilicht sieg si mir ender öppis."

„Das chöntme probiere, aber versprich der nid zviu dervo."

„I gloube bau, di Mädle sig üs aune überläge!"

„A däm hani hingäge z gloube gnue."

„I hamer d Müei gno, ihrer Zügnis z studiere,"het jetz der Brand lo wüsse. „Das Meitli ischt superinteligänt. Vilicht liesimer sä gschieder no chli lo mache!"

„Jo, we ume der Fridli ou der Meinig wär"

„Weischt was Brigit, so gang einscht zuere hingere, nume das mer öppis gmacht hei. Em Chef sägemer de du heigische verhört u mir heigi scho Einiges usefunge."

No so gärn ischt di jungi Polizischtin usgrückt. Das sig immerhin besser weder im Büro hocke.

Wot Brigit düre Wäg uf gägem Bärgli zue gfahre ischt, ischere ume es einzigs träfends Wort i Sinn cho: Heimelig! Es subersch auts höuzigs Hüsli, Meiestöck uf dä Fäischtersinzu, vorem Huus es Gärtli u zwüschin ä Terasse wo der Bäru druf ghocket ischt, wose mit Knure u Bäue empfange het. Di zwo Froue het si nid lang müesse sueche. Die hei im Garte grad Tücher äwäg gno, wosi dermit ihrer Pflanze vom Haguwätter gschützt gha hei. Polizischtin ischt a Gartezuhn häre gstange, het früntlig grüest u gfrogt, ob si öppis chön häufe. „Nei, mir si grad fertig," het d Grossmueter zur Antwort gä. D Barbara het echli gsüfzget. Di Stüdeli si drunger scho chli zämetrückt u vertschupet gsy, aber d Grosmueter het gseit, die löisi de scho wider zwäg. D

Houptsach sieg, wenn d Bletter nid verschlage sigi.

„I wett gärn echli öppis mit der Barbara cho prichte," het di jungi Polizistin lo wüsse.

„Geit das do am Gartetisch oder müesemer id Stube?"

„Dascht es schöns Plätzli, do uf der Terasse, söfu schön isches de nid dürhar."

„My bruchts däich nüt," het d Grossmueter gmeint, het kei Antwort abgwartet u isch im Hüsli verschwunde.

„Z'erscht weti der afe no gratuliere. Der Buschoufeur, wo mi Brueder ischt, het mer verzeut, wi du d Buebe gsänklet hescht, wosi das Asilante Meitschi z'gränne gmacht hei. Bravo das hescht ganz guet gmacht, hoffetlig heisi jetz Respäckt vorder."

„Danke, das heisi! Mir hei kener Problem mitenang."

„Das freut mi für dy. Jetz für zur Sach z cho. Mir hei echli Angscht du löischt di do ine gfährligi Sach ine. Mir hei echli ä Ahnig um was dases geit u wens eso ischt so heimers mit richtige Gängschter z tüe. Du woscht mer däich nid säge, wasd afe weischt?"

„I ha afe nume Vermuetige, u mit Vermuetige cha jo Polizei nüt afo. Wen der no chli Gedoud heit, heimer de gly einisch Bewiese. De verzeuenech de aus."

„Mir hei ou afe Verschidenes usefunge. Zum Bispiu hei di Gangschter vo eim vo dine Stifu ä Fuessabdruck gmacht u dermit fautschi Spure gleit. Mir wäri fascht druf ine gheit, aber es si gäng ume lingg Fuessabdrück gsy u nie kener rächt, u drum simer der Sach uf d' Schliche cho."

„Das hani nid gwüsst, dascht jo de richtig s Maximum!"

„Das meineni ou u drum bis vorsichtig. Woschmer nid glych afe säge wasd vermuetischt?"

„Auso, vilicht ume sövu, i vermuete, der Güduweidler metzgi di Chauber, wo i der ganze Schwitz ume gstole wärde, u mir heinim jetz ä Faue grichtet. Mir müesse ume no warte bis s nöchschte Chaub gstole wird."

„Mir heis no haubersch vermuetet. So weisis jetz u i säge no einischt sit vorsichtig, dass si Lüt wo kei Rücksicht kenne! Ganz wichtig isches, das niemer vernimmt was der machit. Wen dä im Güduweidli nume s Chlinschte vernimmt, warneter di Gängschter u de verwütschemerse nie. De wärde si eifacht ä angere Metzger sueche."

„A das heimer scho täicht."

„Guet, de wär mi Mission erfüut."

„Chömit doch no hurti ine öppis Dünns cho nä!"

„Danke, für di Iladig, Durscht hätti eigetlig veiechli."

Si hei du ordli müesse Gedoud ha u hei bau Angscht gha, si heighi di Scheume scho verschoche u de sig de aus für nüt gsy. Aber eines Tages, öppe nachere Wuche hei d Buebe verzeut, es sig doch wider es

Chaub gstole worde, därung im Soloturner. Jetz het dene vier Dedektive s Härz höcher gschlage. Wi lang dases ächt gang bis der Güduweidler siner Schlachtabfäu gang go is Loch abe lo.

„Mir törfe nid z'glie go luege. Wenersch de einischt abeglo het heimersch de hoffetlig am Hooge wes scho chli lenger dunge ischt. I rächneti öppe mit vier Tag. Wener lenger warteti würd sim jo s ganze Huus versteiche."

„Auso, aber i vier Tag gömerne nä go ueche zie, dä Hoogge!"

„Jo, wenn de nüt dranne wär, liesimer nä de eifach wider abe."

Natürli heisi ufem Polizeiposchte ou verno, dass wider es Chaub gstole worde ischt.

„I bi gspannt druuf ob si sech mäude, di Barbara mit ihrne Kollege."het der Herr Brand z Bedänke gä.

„I zwiefle echli ar ganze Sach, aber mi mues schliesslig jeder Spur no, ime sötige Fau."

„Di ganz Schwiz, oder ömu Polizei het sich jo scho mit dene Diebstäu beschäftiget, u bis jetz kei Erfoug gha. Das wär richtig ä Risesensation, wen di Nachforschige vo däm Meitschi würdi zum Erfoug füere."

„Es wird de zletscht üs glich ou no bruche. Sä grad verhafte u uslifere chöi si sä jo de sicher nied!"

„Du meinscht, mir söti de ä Teu vo däm Erfoug doch no für üs chönne bueche."

„Das sötimer scho chönne, scho ume wägem Herr Fridli." Aui hei jetz ihrer Müler echli zume Grinse verzoge.

Vier Tag spöter si vier Jugendlichi düre stotzig Waud uf. Si hei gschwitzt, wüsis fascht nid hei möge gwarte, go z luege ob jets ihri Faue zuegschnappet sieg. Zum Fürsorg heisi ä grosse Rucksack,- ä aute Milidärrucksack u gross Papierseck biene gha. Si si no nidemou bim Flueloch gsie, het Peter d Bärble am Ermu packt u gseit: „Lue dert. Er het ganz sicher Züg abeglo.

Öppis chliner Schlachtabfäu hange jo a dä Würzli, wo zringetum is Loch ine wachse!" D Spannig ischt gschtige bi dene Vierne. Wenn das söt grote! S Härz hetne fascht wöue verspringe wosi s Seu füregrüblet hei, u gmeinschaftlig hei afo dranne zie. Jedefaus isch öppis am Hooge ghanget. Di Sach ischt ömu schwär gsy. „Wes ume niene asteut oder ahäicht are Würze!" Das hets nied. S Loch mues auwäg witerung fascht grösser gsy sie weder zoberischt.

Äntlige heisi di Sach afe gseh. Ä strubi Sach. D Bärble u Franz hei di zwöi Angere abrüelet: „so zie!" Dasch nötig gsy. D' Julia u der Peter si drum chridewyss worde u heisi wöue umchere, wüus nä vo dene grusige Schlachtabfäu übu worde ischt. Das heisi jetz uf kei Fau törfe, süscht hätti di angere zwöi di Ladig nid möge epha. Wose d' Barbara däwäg apäget het, heisi sich doch du no es Momäntli zämegno, genau söfu lang bis der Hooge mit sir Souerei dobe gsy ischt. Derno heisisi umträit u si sech i Waud abe go übergä. Hingäge d Bärble het ä Freudebrüeu to. „Es hanget es Chaubfäu dra, es hanget es Chaufäu dra!" Gleitig heisis abghäicht u tifig di angere Sache, Tärm u angeri steichigi Innereie gleitig wider is Loch abe glo. Derno heisi der Julia u em Peter grüeft jetz chönesi cho, jetz siges nümm eso schlimm.

Aus Erschts heisi du das Fäu usbreitet ufem Waudbode, us miteme Schübu Tannescht putzt. Es het natürli gstouche, aber das het nä d Freud vo ihrem Erfoug nid chönne nä.

« Lue do, sogar no d'Ohremarge ischt drinn.»

«Jetz hets nech am Füdle dir truurige Vagante!»

«Bringemer jetz das grad der Polizei?»

«Mi tüechts,» het d' Bärble gseit, «jetz heigemers söfu wit brocht, jetz fahrimer no grad echli witer. Wi wär jetz das, wemer das Fäu däm Puur giengi go zeige, wonim s' letschte Chaub gstole worde ischt?»

«Dascht ä gueti Idee, aber wi chömemer dert häre?»

«Jo, u wi fingemer d' Adrässe use?»

«I gloube,» het Franz gmeint, «mir häti di Zitig no, wos drinne gstange ischt.»

«Auso, dass fingemer use. Aber jetz weimer das Gschteich afe do idä Papiersack ine tue. Dä hani schliesslig für das noche gno.»

«Ää, weme ume ame Ort chönt d' Finger wäsche!»

«Do müessemer jetz warte bis mer bim Farngrebli sie!»

«Mir si no Dedektive, a aus heimer täicht, nume a Häntsche nyd!»

Das steichige Fäu ischt zwar jetz im Sack gsy, aber es het dür aus düre gstouche. Gfeuigerwys heisi no ä zwöite bine gha, u dermit isches du afe einischt erträglich worde.

«Ischt di Rucksack gross gnue? Mas ächt drie?»

«Probiere geit über studiere!»

«Bevor mer dä Platz verlö, müessemer no
üser Spure verwüsche.»

«Mir gheie aus schön i Fluespaut abe.»

«Aber der Hooge us Seu nyd!»

«Der Hooge verlochemer do ä Blätz im
Waud hing, us Seu wirscht däich em Vater
müesse heibringe, Peter.»

Äntlige heisi chönne ufbräche. Es het nä du
veiechli gwohlet, wosi bim Farngrebli hei
chönne d Häng wäsche.

«Wohäre gömer jetz afe mit der
Bescherig?»

«Wemer zu üs hei gö, bini grad sicher das
mi Vater wott ha, dasmer mit der Sach
ungsuumet zur Polizei gö u das wetimer jo
eigetlig nyd.» Eso hetsi der Franz güsseret.

«Bi mir wär das auwäg s glyche Problem,»
het der Peter gmeint.

«Mis Grosmüeti ischt verschwige wines
Grab u derzue isches scho im Biud drüber,
was mer hei wöue mache. Mir gö hei is
Bärgli u dert luegemer de witer wi mer wei
vorgo.»

Dä Vorschlag vo der Barbara ischt eistimmig agno worde, u eso sisi düre Waud ab u gägem Bärgli zue.

Aus erschts hetsä der Bäri meteme freudige Bäue empfange. Dä hetsech nach der erschte Begrüessig natürli um dä gross schwär Rucksack müesse kümmere wo däwä fein gschmöckt het.

«Dä müessemer ame Ort höch gnue ufhäiche daser ne de nid erreckt, süscht packter de di Sach uus!»

«Meitli, Buebe, dir steichit wi Pescht. Dir giengit gschieder afe aui zäme hei go tusche, unech angersch alege. I gloube es pressieri jo jetz nüm grad eso. Dir heit jo a auema gfunge was der heit wöue.»

«D Grosmueter het eigetlig rächt. Das wär auäg im Momänt s Gschidschte. De chöntischt de du Franz doheim no grad luege, ob di Zitig no fingischt wo dä Pricht über dä Chauberdiebstau drinne wär.»

«U de? Wenn träfemeris de wider?»

«I wett säge em Vieri do bi mir.»

«Guet abgmacht.»

D'Barbara het ihri Chleider grad churzum id Wöschchuchi gschlänget u ischt unger Duschi. Es het sä tüecht, si bring u bring das Gschmäckli nid furt. Früsch agleit ischi jetz zum Tisch ghocket, wore Grosmueter gleitig öppis Zmittag ufgschteut het. Jetz sigsi mitüri bau verhungeret, hetsi lo wüsse. Söfu gleitig gang das nid, het Grosmüeti erwideret, u derzue sig si säuber tschoud.

Gäg di Viere si du di Angere ou wider itrudlet. Franz het scho di kompletti Adrässe vo däm Puur gha, wonim offebar das Chaub gstole worde ischt. Wüer no zerscht bim Peter verbi ischt, het dä di Agabe wone no gfäut hei im PC gfunge. Es ischt ä Fritz Hofer, Landwirt, Sunnehof, vo Widlistorf, Tau Soloturn gsy.

Wi chömemer jetz dert häre, ischt jetz di grossi Frog gsy.» Mit der Isebahn u em Poschtouto geit das nyd. Die lönis nid ine

mit üsem Steichsack;» het Franz z'
Bedänke gä.

«Es Taxi chöimer sicher ou nid nä u mit
Outostop chömemer auäg ou nid wit.»

«Mir hei jo Ferie, mir verbinge doch das
ganze mitere Velotour!»

«Die müestinis üser Eutere bewiuige.»
Wenn de das Fäu würkli vo däm Puur sim
Chaub ischt», het d Bärble gseit, «de
füertis de nachär sicher d Polizei hei.»

«Do chöntischt no Rächt ha. Wenn das
Wenn und das Aber nicht wär!»

«Wi wit ischt de das bis zu däm Puur?»

«I ha scho gluegt im PC,» het der Peter
gseit. «Öppä nünzg Kilometer. I täiche, für
die Strecki hätimer öppe sächs Stung u no
eini Pouse de wäris de sibne.»

«Dascht lang!»

«Jo, mir müesti em Morge em Sächsi fahre,
de wärimer zmittag em Eis dert.»

«Chönt mä de s Fäu uberhoupt ufe
Velopaktreger tue?»

«Das gloubeni wär nid gäbig. Mir söti für nä Veloahänger luege.»

«Ä sötige hät Hopfe-Fridu. Mir bruche jo dä gäng zum Papiersammle.»

«Dä gubis auwäg dä scho. Vilicht frogtine em Gschidschte d Julia.»

D Julia het zwar echli ä rote Chopf übercho, aber gseit dä wöu si scho froge.

«Auso, i gloube, mir müesse morn aus vorbereite, u übermorn de luege das mer em Morge em Sächsi chöi fahre.»

«Wemer ume d Fahrbewiuigung vo üsne Eutere scho hätti. Was meinscht du, Grosmüeti?»

«Sägit doch eifach, dir heigit öppis funge wo vo däm Chaub chönt sie, wo letscht Wuche gstole worde sieg, u dir wöuit das däm Puur go zeige u wesi de säge, dir gangit gschieder zur Polizei, so sägit de, es sig jo nume ä Vermuetig, u mit Vermuetige chön Polizei nüt afo.»

Es het no veiechli Öppis brucht bis si d Bewiuigung übercho hei vo dä Eutere.

Bsungersch der Julia ihri Mueter, wo sowiso no chli troumatisiert gsy ischt, het Bedänke gha. Aber ä angeri Asilantin hetere du grote si mües das Meitschi ou echli öppis lo mache, bsungersch jetz wos integriert sieg u Fründe funge heig.

Si hei du der anger Tag, di Reis guet vorbereitet. D' Julia ischt mitem Veloahänger derhär cho, nume s' Problem ischt du gsy, ihri Velo hei kei Ahängerhoogge gha. «Dä chame däich öppe mitere Schnuer abinge,» het Franz gmeint, aber do hetim du Peter erlüteret, söfu eifach sig de das nied. Weme miteme Velo umne Kurve fahri ligme äbe de id Kurve, u der Ahänger söt de am Bode bliebe, Drum sig jo am Ahänger zuserischt ä Chrugle, daser si uf au Site ume chön träie. Nach paarne Probefahrte heisi du ä Lösig funge. Eso söts go, hetese tüecht. Jetz het no jedes es Seckli mit Zwüscheverpflegig zwäggmacht, u zletscht heisi no Karte guet gstudiert.

«So, jetz di rächt Zit is Bett, u em Morge em Sächsi bim Schueuhüsli vor.»

Si si aui Vieri di rächt Zit dert gsy. D Velo früsch gölet u putzt u eso isches losgange. Der Ahänger mitem Korpus Delikti ischt a Franzes Velo hingernoche ghopperet. Franz het no grad einischt gmerkt, dass s Fahre miteme Ahänger asträngend ischt. Aber er het sech nüt lo amerke. Di erschte öppe triessg Kilometer sisi guet vorwärts cho. Es ischt aber ou vorwiegend liecht nitzi gange.

Früecher oder später, wenn öpper nid gwahnet ischt stungelang ufeme Velo z' hocke, fotsä öppis afo plooge u miter Zit isches grad wi weme ufeme glüeige Tütschi hocketi. D Meitli hei uf Zäng bisse u sech nüt wöue lo amerke. Aber wüu Franz u Peter änligi Problem gha hei, sisi rätig worde, mi wöu afe echli ä Pouse ilege u öppis ässe.

Si hei, wosi ihri Rute planet hei sich ender a Näbestrosse ghaute. Jetz sisi ime Waud zwüsche Grabe u Berke gsy wosi ihri Pouse igleit hei. Si hei ihri Velo ane Houzbiege gsteut, si ufene Trämu ghocket u hei ihri Zwüscheverpflegig uspackt u ihre Hunger gstiut. Nochli d Bei strecke u derno isches witer gange. Si si chum ufbroche gsy, es mues zwüsche Berke u Bannwil gsi sie. Het sä es Polizeiouto überhout. Zwe Polizischte si drin ghocket. Der Eint het di Fuer gmuschteret u echli der Chopf gschüttlet. Die chöntimer azeige, heter zu sim Kolleg gseit. Dä Ahänger ischt nid nach Vorschrift agmacht. Äch was woscht do. Die gö sicher nid viu witer weder öppe i nöchscht Waudwäg. Mägischt trückt mä gschieder es Oug zue. Eso sisi witer gfahre u hei du zwüsche Niderbipp u Önsige bimene gäbige Beizli stiu gha u hei sech dert ir Gartewirtschaft echli vo ihrem stressige Isatz erhout.

«Die hei nid im Waud hinge stiu gha,» het der eint zum angere gseit, wo di vier Velofahrer näb däm Beizli düre gfahre sie.

«Es nähmtimi eigetlig gliech Wunger was die uf däm Ahänger glade hätti.»

«Eh, wets unbedingt eso woscht ha, aber zerscht machemer jetz no üsersch Kafi uus. Dene mögemer de gäng no noche.»

Churz vor Önsige sisi du dene Velo vorgfahre u hei sä gsteut. «Haut, Polizeikonntroue het eine mitere wichtige Miene gseit u der anger het fascht es Lächle nid chönne verchlemme. Zerscht sisi mit ärnschthafte Chöpf um das Velo mit em Ahänger ume glüffe u hei di Schnuer gschouet woner mit am Velo agmacht gsi ischt. Ihrersch Urteu ischt du gsy, die Sach entsprächi nid dä Vorschrifte. Äs gäb warschienlich ä Azeig. Was si do überhoupt merwürdigs glade heigi. Däich ämänd no Hanf. Ömu steiche tüei di Sach grüselig. Der Zwöit het gseit, ihn tüechs es steich wines totnigs Tier.

«So, use mit der Sproch, was heiter i däm Sack?»

D Bärble het hurti der Franz echli uf d Site gno u zuenim gseit: «was meinscht, siegimer ächt jetz nid gschieder grad dWorheit?»

«I gloube ou, das wär bau s' Gschidschte, si finges jo gliech use.»

«Gut, so sägenis,» het d Barbara gseit. «Mir hei do drin ä Hut vome Chaub, womer vermuete si sig vo däm, wo Letscht Wuche do im Tau hinge gstole worde ischt zume Stau us. Jetz weimer die däm Puur go zeige u wesi de vo däm sim Chaub ischt wüssemer de wärs gmetzget het.

«Stärnemilione wenn das wohr wär! Ir ganze Schwitz ume si au Nächt Polizeipatrulie ungerwägs wäg dene Chauberscheume. Usefunge heisi no minger weder Nüt u dir chömit derhär u vermuetit dir heigit ä Hut vo däm Chaub.»

«Das müesteris hingäge besser erkläre,» het der zwöit Polizischt gseit.»

«Dascht ä z'längi Gschicht,» het du Franz lo wüsse. «Mir verzeuese de, wen de di Hut würkli vo däm gstoune Chaub ischt.»

«Wi machemer jetz das? Heiter d Adrässe vo däm Puur?»

«Jo, die heimer, do ischi ufgschribe.»

«Aha, im Tau hing, do tünech de euer Füdi no weh, bis der de dert sit!»

«Chum Hans, das machemer angersch. Die söui ihrer Velo do lo u mir füerese hingere.»

«Dascht scho rächt, aber u de das Gschteich? Das dörfemer gwüss nid i üersch Outo nä!»

«Weisch was, mir lüte em Wiudhüeter a, dä het jo äxtra ä Chischte hinger am Outo. Dä het dert drin scho mängs steichigs Tier desume gfüert. Lütim ume grad a!»

«Jo sälü Ueli, do ischt der Simon Waber vor Kantonspolizei. Mir söti Hiuf ha. Mir hei öppis Steichigs zum Transportiere.

«Jo, wo siter de?»

«Öppe zwe Kilometer vor Önsige, uf der Houptstross.»

«Guet i zwänzg Minute bini bienech.»

Zwänzg Minute lang si auso Outofahrer näbne düre, u jede zwöite het mit em Zeigfinger a d'Schläfe topplet u derzue brummlet, «hei äch die wider nüt Angersch z tüe weder es paar jugendlichi Velofahrer z konntroliere?»

Si hei em Wiudhüeter churz erklärt um was dases geit. Dä het echli müesse lache wüer ar ganze Sach zwieflet het, aber er het sech wiuig lo ispanne. Das sig schliesslig einisch öppis angersch. D'Barbara, d'Julia u der Peter hei du im Polizeiouto dörfe platz nä, u Franz bim Wiudhüeter. Dä hät natürli scho gärn echli meh gwüsst über das steichige Objäkt i sir Transportchischte. Aber Franz hetim Bscheid gä, dass vernämer jo jetz de gly.

Dascht jetz scho ringer gange weder mit dä Velo. Im umeluege sisi im Tau hinge gsy.

Das Dörfli Wiedlistorf ischt nid ganz ar Houptstross annne gläge. Dä Fritz Hofer vom Sunnehof het a auem a fascht jede kennt. Uf aufäu heisi nid lang müesse froge. Derfür hei au Lüt gräzlet, was ächt jetz di Polizei u der Wiudhüeter dert obe ztüe heigi. Scho glie einischt ischt eim i Sinn cho, es chön ä Zämehang ha mit däm Chaub, wo em Fritz gstole worde sieg. Der Gwunger het sä ordeli gstoche, u meh aus eine het mitem Fäudstächer hingerem Husegge füre gugget.

Ufto hetnä Püüri wosi a Tür topplet hei. Die ischt ordeli erchlüpft wosi di zwe Polizischte, ä Wiudhüeter u di vier Ching gseh het. Was mues jetz das wider gä, hetsi ganz entsetz grüeft.

«Do di Ching weinech öppis cho zeige. Ischt öie Maa ou doheim?»

«Dä chunt dert grad mitere Schleipfete Houz vom Waud abe. Vilicht müester öppe föif Minute warte. D Spannig unger dä Awäsende hät jetz nümm chönne grösser sie. Der Wiudhüeter het gseit, är ladi däich das Päckli afe ab. Obers grad söu uftue? Nei, jetz wartime no grad, bis der Herr Hofer ou do sieg.

«Herr Hofer di Ching do hei es Fäu vomene Chaub do i ihrem Sack u hei der Verdacht, es chönt vo däm sie, wo euch di letscht Wuche gstole worde ischt.»

«Seh, so packit us, aber gleitig.» Wüus vo dene Manne niemer grad eso rächt gluschtet het, het du Franz sis Sackmässer füre gno, het d Schnüer verhoue u di Bescherig usglärt. Polizischte hei echli d Nase verha, aber no bevor der Franz das Fäu em Bode usgschpreitet het, het der Puur grüeft, «natürli ischt das vo mim Chaub, sogar d Ohremarge ischt no dran. Di vier Dedektive hei nüm angersch chöne. Si hei enang umarmet u nes Freudegschrei abglo.

«So dir Buebe u Meitli, aber jetz müssemer wüsse wi dir zu däm Fund cho sit.»

«Dascht ä längi Gschicht u dursch hätti jetz eigetlig ou afe. Bevor inech öppis verzeue woti jetz dert bim Brunne go Wasser treiche.»

«Do weisi öppis Bessersch,» het du Püüri gseit, «wäschit euer Häng bim Brunne u derno chömit aui säme id Chuchi. I ha de vilicht no chli öppis angersch weder Brunnewasser.

«Wohär chömit der überhoupt, Meitli u Buebe?»

«Vo Hasebett, no gneuer vom Hasligrabe, das ischt im Ämmitau ir nöchi vo Bauzedorf.»

«Jesses Marie, de siter jo stungelang ungerwägs. Heiter überhoupt afe öppis gässe?»

«Echli öppis Znüni gno heimer scho.»

«Bevor der jetz do vo der Polizei verhört wärdit wird jetz öppis gässe. I ha do vom Sunndi noche no Hamme im Chüeuschrank. Derzue ä Sack Bonchips, das hei öppe aui gärn. Z'Treiche chanech

Tee, Sirup oder Rivella abiete. Dir Manne chöit ou grad zueche hocke. I ha gnue für aui.»

U ob di Ching Hunger gha hei. Hunger u Durscht. Si si uber das Zässe härgfaue wi Räuber. Polizischte si gschied gnue gsy u hei vorläufig nüd me gfrogt.

Wo du aui ihrer Büüch gfüüt gha hei, hei du di Manne ihre Gwunger nüm chöne ungerdrücke, aber do het du Barbara gseit, si hät ä Wunsch. Obsi nid weti soguet sie u em Fahnder Brand vo Bauzedorf alüte. Das wär fascht der Erscht wo söt wüsse, dass si der Bewies heigi chönne erbringe, dass der Bichsu vom Güduweidli di gstoune Chauber metzgi.

«Aha, Polizei weis de scho chli öppis über dä Fau!»

«Jo scho, aber mir hei äbe täicht, mit Vermuetige chön Polizei nüt afo. Drum heimer das Chauberfäu zerscht euch wöue cho zeige, Herr Hofer!»

«He, dir sit jo richtig Profine. De weimer luege ob mer dä Fahnder Brand verwütschi.»

«Jo, do ischt der Simon Waber vor Kantonspolizei,» hets tönt u witer: «Ischt ächt der Fahnder Brand ume?»

«Momänt, i verbingenech grad.»

«Jo Brand.»

«Grüsech Herr Brand, Waber vor Kantonspolizei. Mir hei do vier Ching, wo öppis Wichtigs funge hei. Ä Hut vome Chaub wo letscht Wuche do im Tau gstole worde ischt. Mir si jetz grad bim Puur dermit u dä het sofort gseh, dass si vo sim Chaub ischt. Jetz hets einte Meitschi, i gloube es heist Barbara, gwünscht, dasme euch alüti. Dir tüeit nech scho mit däm Fau befasse.»

Der Brand ischt eso erchlüpft ab der Mäudig daser fascht vom Stueu abe gheit ischt. Es Momäntli heter grad d'Sproch echli verlore, aber wonerse wider funge het, heter gseit er chöm grad. Ire

142

Haubstung siger biene. Si müesinim ume d'Adrässe vo däm Puur agä. «Aber no öppis ganz Wichtigs. Es darf vorläufig gar nüt use. Keis Wort, kei Mäudig a Press oder eso. Mir wüsse jetz wär di Chauber gmetzget het, aber d' Scheume hei mer de dermit no nyd. I chume grad.»

D Ching hei jetz ä Haubstung lang derzit gha z verzeue, wisi zu däm Chauberfäu cho sigi, u dass es ä heiteri Lampe gsy sieg, wo mängischt ganz Nächt lang, eso zäges mits im Waud inne brunne heig, wose uf d' Idee brocht heig, im Güduweidli chön öppis nid stimme. Uf Aufäu gäng nacheme Chauberdiebstau heig si brunne, u si heig sech überleit, dass das mües heisse, im Güduweidli gäbs öppis z choufe. Si heigi du afo dä Güduweidler uszspioniere. Sogar ä Fotofaue heigesi ginstalliert. Aber die sig du einischt ame Morge zlibermäntz verschlage gsy.

Wüu du di Scheume auäg öppis gmerkt heigi, heigesi du seie wöue usschaute miteme hingerhäutige Trick. Der Fahnder Brand heig du gottlob usefunge, dass do öppis nid chönn stimme, u si sig du sicher gsy, dass der Bichsu Dräck am Stäcke heig. Wosi du no usefunge heigi, woner siner Schlachtabfäu entsorgi, heigesi nim du äbe chönne ä Faue steue u heigi das Fäu verwütscht wosi jetz äbe dohäre brocht heigi.

Ungerwile ischt du der Herr Brand itroffe.

«Das heiter guet gmacht, dir Vieri, nume muesi glych echli bauge miter Barbara. Dir hättit ou mit däm Fäu chönne ufe Poschte cho, oder wenigschtens alüte. De hätiters de nid mite Velo müesse do abe zaagge!»

«Es wär de äbe gäng nume no ä Vermuetig gsy u mit Vermuetige cha jo Polizei nüt afo!»

«Es änderet natürli nüt dra, dass der der Polizei ä ganz ä grosse Dienscht erwise heit. Mit däm Anhautspunkt glaubeni, chönimer di Täter verwütsche. Aber eifach wird's nid sie. Wesi ume s Gringschte merke sisi gwarnet u verschwinde ir Ungerwäut. Drum isches enorm wichtig, dass vorläufig nüt use geit vo däm womer jetz afe wüsse. Dir müest ou eune Eutere klar mache, dass si müessi ufs Muu hocke wesi im Fau echli öppis söti wüsse.»

«Dir wärit däich jetz froh weder nid mit dä Velo wider müestit hei fahre. Aber i üser Outo chöi mer sä nid ilade.»

«Uf üsem Poschte häts ä Bus,» het du der Polizischt Waber lo wüsse. Wen der iverstange sit lüteni a, si söui cho mit däm. De wär de das Problem ou glöst.»

Es het ordeli z' Brichte gä z' Widlistorf, wo ufsmou zwöi Polizeiouto une Polizeibus bi Hofers gstange sie. Aber gä wi d Lüt gfröglet hei u hätti wöue der Gwunger stiue, si hei nüt verno. Vilicht chöms de scho einischt us, heisisi müesse tröschte.

Si hei auso du abem zrüggo ihri Velo i dä Polizeibus iglade. Der Herr Brand het du zwar no gseit, vo Bauzedorf äwäg müesesi de säuber mit dä Velo fahre. Es wär de z uffäuig, wesise würdi is Hasebett hingere füere miteme Polizeibus.

Eso si di vier Dedektive auso wider heicho, stouz u z fride wi no chum einischt.

Z'Bauzedorf ufem Polizeiposchte hets zmornderischt ä längi Sitzig gä. Därung het sogar der Chef, der Herr Fridli dranne teu gno.

Der Fahnder Brand het natürli wou dranne gläbt, dass der Fridli het müesse igseh, dass sis vorgehe wider einischt richtig gsy ischt. Uf aufäu, weme d Barbara ines Heim gsteckt hät, wis dä auwäg hät wöue ha, wärme jetz nid söfu wit. Aber wime jetz wöu witerfahre, do si gueti Ideene gfrogt gsy. Es chön jo nid eifach di ganz Zit ä Polizischt dert hinge hocke u warte bis de eines Nachts di Gängschter miteme Chaub derhär chömi. S Problem sieg, wen ame Puur es Chaub gstole wärd, merkers erscht am Morge u bis denn sig de das Chaub lengschtens gmetzget im Güduweidli hing, ud Scheume wider furt. Mi mües uf aufäu s Telefon überwache. Dä Vorschlag ischt vom Herr Fridli cho. «Jo guet het der Fahnder Brand erwideret. Aber i nime nid a, dass die dem Bichsu alüte mits i der Nacht unim säge, mir bringe de es Chaub.»

«Angersits wärdesi nid mits ir Nacht binim chönne vorfahre une zum Bett usnäh. Si risgierti jo, daser vilicht nid doheime wär oder grad Visite hätt.»

«Mit angernä Worte, si müesenim irgend es Zeiche gä.»

«Jo, u mit was weder mitem Telefon?»

«Das gloubeni ou. Es heisst de vilicht öppe, Entschoudigung fautsch verbunge.»

«Das wär de der Momänt, womer unverzüglich müesti usrücke.»

«Jo, aber müst jetz do eine Tag u Nacht näb üsem Empfänger hocke?»

«Düre Tag wär das keis Problem, do ischt jo ständig öper ufem Poschte. Aber ir Nacht!

«Mir müesse uf au Fäu das Telefon azapfe. Mir müessä äbe ä Empfänger ha woni

147

Znacht cha näbe mis Bett steue, u dä mues söfu lut mache, dasine de ghöre ou weni schlofe. I gloube, das söt scho mügli sie.»

«Guet, het Fridli gseit, de lüteni jetz dä Abhörspezialischte a, si söui nis eso öppis irichte.»

Fascht vierze Tag isches gange bis Brand znacht em zwöi usem Schlof grisse worde ischt. Zerscht heter ghört wi Bichsus Telefon glüte het. Bichsu, hets tönt u derno nach churzem Zögere, Entschoudigung, fautsch verbunge.

Jetz ischt der Fahnder ufgsprunge. Es ischt aus vorbereitet gsy für dä Fau. Z' Bärn i der Polizeigasärne ischt scho nach paarne Minute es Outo mit vierne Grenadiere gstartet. Schwär bewaffnet sisi gsy, u vor auem Bländschienwärfer heisi bisech gha. Es het pressiert.

Die vom Polizeiposte Bauzedorf hei d Ufgab gha, sich zu der Abzweigig zum Güduweidli z begä u dert derfür z' sorge, dass nid öpe es Polizeiouto inefahri bevor d Gängschter. Derzue heisi scho lengschtens es Versteck vorbereitet gha. Dert heisi gwartet u si mit dä Grenadiere i Funkverbindig gsy.

Chum ä Haubstung isches gange, het ä graue Lieferwage i das Erschliessigsströssli abboge. S Nummero hei Polizischte nid chönne läse, es mues mit irgend Öppis präpariert gsy sie.

«Das müesese sie, funk dä Grenadier, het ä Brand zu sim Kolleg gseit. Mir müesse uf d' Stross use sto, dasmer d Grenadiere am richtige Ort chöi iwiese.

Uf die heisi nüm lang müesse warte. «Mir fahre vora, het der Fahnder Brand gseit. Mir wüsse ä Steu, wonis kene cha ertrünne. Los geits!» Scho gly ischt klar gsy, dass das Lieferwägeli niene cha sie aus im Güduweidli. Süscht müestes jo ame Ort sto. Dert wos Strössli ab der Egg abe mit zimli Gfeu gägem Güduweidli abe geit, igschnitte i zimli steilem Waud, heisi schön hingereme Hoger stiu gha, are Steu wose di Verbrächer erscht im letschte Momänt hei chönne gseh. Dert hetsi eine vo dä Grenadier u der Fahnder Brand mitz ider Stross positioniert, während di Angere sich obem Wäg u ungerem Wäg verteut hei. Gleitig si ou d Bländschienwärfer ufgsteut worde. Je ä Polizischt mit Erfahrig heise bedienet u hurti probiert ob de aus funktionieri. Di Gangschter heisech zimli Zit gno bi ihrem Hehler. Ob si ächt das Chaub no grad hei ghoufe metzge. Äntlige het mä es Fahrzüg ghöre sure. Scho glie hetmä ou scho d Liechter gseh düre Waud ufcho. Echli mit gmischte Gfüeu ischt der Brand mitz im Wäg gstange. Er hetsi druf müesse verlo, dass de die mit dä Schienwärfer di Gängschter der richtig Momänt bländet hei. Gängschter hei z spät gmerkt dass si ir Faue sie. Drei si i däm Liferwage ghocket. Wi der Blitz het eine ä Pistole i der Hang gha, aber der Fahrer het nä abäget mach kei Seich du machscht Aus nume no schlimmer. Do ertrünnemer müm. Derbie heter im Pistole us dä Finger gschlage. Du ischt du aber glych no ä Schutz losgange aber gfeuigerwys nume dürs Outodach düre. Di ganzi Szehne ischt taghäu erlüchtet gsy. Zwe fo dene Gänschter si jetz zum Outo usgschprunge u hei ihrersch Heil ire Flucht wöue suche. Düre stotzig Waud ab. Aber si si nid wit cho. Si si etschlipft i ihrne Stadtschüeli u hei vo dä Grenadier problemlos chönne überwäutiget wärde. Jetz si d Handschäue zuegschnappet.

S gröschte Problem ischt du no gsie, wime ietz di Fahrzüg cheri do idäm Steilhang inne. Es het nüt angersch gä aus hingerzi föifhundert Meter düre Waud uf. Zu däm Zwäck ischt zhingerscht i jedem Fahrzüg ä Polizischt miteme Schienwärfer ghocket. Wome di Outo schlussäntli kehrt gha het, ischt du d Frog no gsie, wasme de jetz mitem Bichsu vom Güduweidli mach.

«Däich abe une ou grad verhafte,» het eine gmeint.

«Wi wär de das, wener vo auem nüt merkti, de chöntimer de no luege, wär do aus gieng go Fleisch reiche!»

«Das wär ou ä Müglichkeit. Auerdings chönntes sie, dass di drei no Kollege hätti. Die merkti natürli, wenn dieser nüm hei chämi, u friegi de der Bichsu, was do los sieg!»

Guet, ertrünne chaneris sicher nyd. Mir probieres. De füeremer jetz üser Fründe do is Ungersuechigsgfängnis u mache Fürobe.

D Barbara het ir letschte Zit echli schlächt gschlofe. Si het fascht Tag u Nacht draume gstudiert ob äch Polizei di Gängschter no nid verwütscht heigi. Si het jo wider id Schueu müesse, u ihri Leistige dert hei echli unger der Sach glitte. Der Lehrer hetsi gfrogt, wora dass das ächt chönt lige, aber wüu di vier Dedektive jo keis stärbes Wörtli hei törfe verrote, heter ou nid chönne vernä worum

Si ischt du wider einischt wach im Bett gläge. Obs ächt nid bau Morge sieg, hetsi täicht. Si het nachem Wecker greckt u gseh dases erscht Drüh ischt. Ufsmou hetsis ghört chlepfe im Waud obe. Gleitig ischi zum Bett usgumpet u as Pfäischter gstange, u wosi eso nä Heiteri gseh het im Waud obe wo süscht nid gsy ischt, hetsi gwüsst was loos ischt. Jetz isches ändgüutig fertig gsy mit schlofe. Si hetsi nid möge überha. Si ischt ufgstange u ischt d Grosmueter go wecke u het dere müesse verzeue was warschienlich passiert sieg. Die het gseit, «wes würkli eso ischt, so gratuliere der Meitli.» Aber jetz gang no chli go schlofe. Das hetsi eifach nüm chönne. Wes nume bau Morge wär. Si lüt em Morge vor der Schueu grad em Fahnder a. Das wöü si de wüsse.

Si hät no vorem Zmorge aglüte, wenn d Grosmueter nid gseit hät, dert sig sicher no niemer ufem Poschte, bsungersch nacheme sötige Nachtisatz. «I ha em Herr

153

Brand sis Natel Nummero» het d Bärble gfrolocket.

«Aber bis em Sibni wart jetz glych no. Nimm du jetz afe öppis Zmorge.»

Si het d Miuch näbem Chacheli düre gschüttet, si het Confitüre ufs Brot gschtriche bevor der Anke, derno hetsi no bau s Muu verbrönnt am Gaffee, aus isch lätz gange, eso dass s'Grosi afe der Chopf ghudlet het. Äntlige hets am aute Stubezit Sibni gschlage. Jetz ischi nüm gsy z'äpha. S'Nummero hetsi usse gwüsst, u verschlofe het der Herr Brand abgno. Er het grad chönne läse uf sim Natel u anschtat daser gseit het do ischt der Fander Brand vor Kantonspolizei, heter eifach gseit: «Hallo Barbara, du hescht a auema öppis gmerkt.»

«Jo es het klepft di Nacht em Drü im Waud obe.»

«Jo, das hets, mir heise di Fagante. Eine het wöue schiesse aber der anger hetim Pischtole us der Hang gschlage u der

Schutz ischt du zum Outodach uus. Mir hei jetz der Bichsu no nid verhaftet. Weners nid merkti, lieser vilicht de wider d Lampe lo brünne u de gsiechimer de, wär do aus gang go Fleisch reiche.»

«Verhaftit nä doch eifach u löt d Lampe glych lo brünne!»

«Meitli! Das ischt ä prima Idee, eso machemers. Mir gö dä Heeler ohni grosses Ufsehe go verhafte. Si Frou nämer em gschidschte ou grad mit. Derno träiemer hinecht d Lampe a. D Polizei wird de di Chunde bediene!»

«Dörfemer jetz gäng no niemere nüt säge?»

«Es lot sech auäg einewäg nüm lo gheimhaute. Natürli chöntis ou ä Teu vo dä Chunde vernä, aber das chöimer nüm umgo. I dankeder no für di Isatz, mir mäudenis de sicher no bi euch vierne Dedektive u jetz häb ä schöne Tag!»

Jetz ischt d' Bärble erscht rächt usgflippet. Mir si di Gröschte, mir si di

Beschte, hetsi gjutzet. Mir hei fertig brocht was di ganz Schwizerpolizei nyd. Derzue ischi ir Stube ume gumpet wines sturms Huen. So lang bis d Grosmueter gseit het, los einischt, Meitschi,. jetz muesi es ärnschthafts Wörtli rede miter. «Bi auem Erfoug wot jetz hescht, isches wichtig, dasd bescheide blibscht. De bischt dä Lüt simpatisch u angersitz, wend nume no im zügume plagierscht, madi ufsmou niemer meh, schrib der das hinger d'Ohre!»

D Bärble het nüt druf gseit, aber immerhin hetsi drubernoche täicht u ischt zum Schluss cho, d'Grosmueter heig eigetlig rächt. Es ischt du Zit gsy für id Schueu. Aus Erschts ischi natürli ir Stross nide ufe Peter troffe. Däm hetsi müesse prichte was ir Nacht passiert ischt. Natürli het dä nid minger Freud gha a ihrem Erfoug. Zäme sisi is Schueuhüsli füre glüffe u si dert uf d Julia u ufe Franz troffe. Es het es richtigs Freudegschrei gä, aber scho ischt der

Schueubus cho u es het gheisse istiege. Nodisno ischt ei Schuer um der anger igstige düre Hasligrabe füre u scho gly si d Bärble d Julia der Peter u der Franz aus Heude gfieret worde. Fascht im meischte het sech no der Chauffeur für di Gschicht intressiert. Dä het drum täicht, er lüti de churzum em Blick a u sacki de dert es entsprächends Honorar i.

Im Hasebett-Schueuhus isches wines Louffür umegange. Di letscht Nacht heigesi im Güduweidli obe d Chauberscheume verwütscht. Sogar gschosse worde sieg u dass Polizei heig chönne zueschlo, do dra sig d Bärgli Bärble mit ihrne Kollege tschoud. Di Vieri si vo aune Site bestürmt worde, aber Barbara het ume knapp Uskunft gä u gseit, wesi vo ihrem Schlofzimmerfäischter us nid gäng di Lampe hät gseh brünne, wär si ou nie uf di Idee cho. Ou ufem Polizeiposchte z Bauzedorf hei Polizischte enang zu däm Erfoug gratuliert. Sogar der Chef ischt einischt zfride gsy u het aune es Kafi gschbändiert. Aber jetz het Brand gseit, di Sach sig no nid fertig. Der Hehler, der Bichsu vom Güduweidli sig no nid verhaftet. Es sig jo d Frog gsy, ob mä mit däm no wöu warte, u de luege wär jetz aus gang go Fleisch reiche. Do hani du vo üser junge Mitarbeiterin, der Barbara vom Bärgli no ä Typ übercho. Mir söui doch di zwöi verhafte u de d Lampe znacht aträie. De chönti de zwe Polizischte dobe warte u de dene Chunde s Fleisch verchoufe.

«Wär si eigentlich die drei Verbrecher?»

«Zwe Schwizer und ä Jugoslave. Aus glerti Metzger.»

«Wenn weimer sä verhören?»

«Das het Zeit. Mir löse am beste echli lo riefe.»

«Gut, so weimer vorerst s Ehepaar Bichsu verhaften.»

«Jo, und mir bruche e Befäu für ne Husdurchsuechig.»

«Die besorge ig, machitnech bereit, ire Stung fahremer.»

«Für vier Polizisten und zwöi verhafteti bruchemer zwöi Outo.»

«Chönti de nid grad zwe Polizischte dobe bliebe u d Chunde bediene? De giengs de mit eim Outo.»

Em Zähni sisi du im Güduweidli vorgfahre. Es ischt chum z beschriebe, wise der Bichsu empfange het. No bevor der Brand öppis het chönne säge, heter nä aui erdänklige Schimpfwörter abängglet. Het gfluecht wine Rohrspatz u pääget si miechi ou gschieder ihri Sach u verhafteti d'Scheume, anstat di aständige Lüt vor Arbeit abzha.

«Nume hübschli Herr Bichsu,» het der Brand zuenim gseit. «zu auem wo der süscht scho aklagt sid, chunt jetz no Beamtebeleidigung. Dir sit verhaftet Herr Bichsu wäge Hehlerei u unerlouptem Handu mit Fleischware.»

Jetz ischt der Bichsu totau usgflippt. Er het ä Mischtgable ergriffe u ischt mit dere uf d Polizischte los. Die heine überwäutiget unim sofort Handschäue agleit. Jetz ischt em Bichsu si Frou erschine u het no fascht wüeschter to weder ihre Maa, söfu lang bismese ou het müesse i Handschäue stecke.

«Wi gömer jet vor. Mir söti doch jetz ä Husdurchsuechig mache, aber we die däwä tüe bringemer das auäg nid fertig.»

«Es git ume eis, mir verlade di zwöi is Outo u füerese is Ungersuechigsgfängnis!»

«Die chöimer nid eifach i üse Streifewage nä. Di wärdenis bim Fahre behindere. Lüt ufe Poschte a Brigit. Die söui cho mitem Gfangeneouto. Dert chöimerse de ispeere, de chöisi de töbe wisi wei, dert ischt de der Fahrer sicher.

«Was machemer de mit dene Zwöi, d Bei chömerne jo nid zämebinge. Die wärdenis behindere wemer wei d Husdurchsuechig mache.

«Was, Husdurchsuechig? I wüu nech de Husdurchsuechig mache. Für das bruchiter de ä Bewiuigung,» het der Bichsu pääget. «Die heimer scho, Herr Bichsu, luegit do chöiter ä Blick dri wärfe.»

«Sägit mer einisch, wen der üs beidi weit verhafte, wär de zu üsne Tier luegt?»

«Heit kei Angscht, für das fingemer de scho ä Löösig.»

«Was heiter de eigetlig für Tier?»

«Zeuit sä doch säuber,» het Bichsu gseit. Si Frou ischt du auwäg langsam echli zu Vernunft cho. Vilicht het si täicht, ihri Strof würd vilicht echli miuder usfaue wesi nid söfu blöd tät.

«Do im Huus sig ä Chue u zwo Geisse u im Schürli oben no zwänzg Schof.»

«Mir hei übrigens letscht Nacht di drei Chauberdiebe verhaftet, use is Ungersuechigsgfängnis brocht.»

Jetz ischt Bichsu chridewyss worde. Bis jetz heter vilicht no Hoffnig gha, si chöninim nid bewiese daser gstounigi Chauber gmetzget heig, oder är hät chönne bhoupte, das heiger nid gwüsst. Jetz ischer ufsmou veiechli zame worde.

«Wender nid so tum tätit chöntiter jo id Stube go abhocke, u mir chönti mit üser Arbeit afo.»

«Arbeit Arbeit, do mues mä jo Lache! Wüst der überhoupt was das ischt, Arbeit?» Das hetim use müesse, em Bichsu, «aber go hocke gienger afe gärn echli!» Si Frou het ou no ihre Sänf müesse gä derzue. «Hocke chöimer auäg jetz de no lang. I ha gäng täicht es chöm einischt eso.»

«U s Gäut? Hescht das nid ou gno, woni derbie verdienet ha?»

Jetz het der Brand u der Gygax mit der Husdurchsuechig chönne afo. Zerscht im Schlachthüsli, das het sä am meischte gintressiert. Si hei veiechli gstunet. Es het sicher dä Higienevorschrifte fascht hundertprozäntig entsproche. D Wäng u der Bode si mit Keramische Platte usgleit gsy. Ar Rückwang no ischt unger der Tili obe ä Chromstaustange gsy wo ä zilete

Fleischhögge u natürli Fleisch dran ghanget ischt. Ä Tür het ine Chüeurum gfüert u ä angeri ine Rouchchammere. Dürhar ischt Fleisch ufganget u ufeme grosse Tisch hets aui erdänklige Metzgereimaschine gha.

«Momou, dä ischt guet igrichtet gsy,» het Gygax gmeint. Das Gschäft mues glüffe sie!»

«Jo, söfu gross hätimer di Sach nid vorgsteut. Dä mues veiechli Chunde gha ha.»

«Das chunt de vilicht ou no us!»

«Weis hoffe.»

Jetz hetmä es Outo ghöre sure.

«Die chöme mitem Hochzitsouto,» het Gygax gspöttlet.

Bis mä jetz di Deliquänte dert drin gha het! Bichsu hetsi gwert wine Häicher u het d Polizischte probiert ad Bei z stopfe. Der Brand hetnä du lo wüsse, är tät jetz gschieder echli manierlig, das chönt si de süscht ufs Strofmass uswürke.

So, die Zwöi sisi los gsy. Jetz müessemer däich di Husdurchsuechig mache, u vor auem es Inventar ufnäh «Jo, u das Fleisch u di Würscht chöimer ömu de nid eifach do lo hange, das brucht de ou no ä Abklärig, wohi dasme jetz wöu mit der Sach.»

«Ä Puur müesemer de ou no finge, wo zu dene Tier luegt!»

«Mi chönt ou di ganz Sach furtrume.»

«I gloube, do mües de der Gmeinrat entscheide, mir müesse de churzum zu dene Kontakt ufnä.»

Drei Stung hets duuret bis si aus echli hei ufglischtet gha. Derno si der Gygax u der Brand mit der Usbüti hei. D Brigit Baumer u der Konrad Flückiger, di beide junge Polizischte si dobe blibe. «Das wird dene zwöine passe,» het Gygax bemerkt.

«Jä nu, die si jo erwachse, u müesse säuber wüsse wi si di Zit wei verbringe.»

«Däich aus Fleischverchäufer.»

«Di Chunde wärde de Gringe mache, wenn si vor Polizei empfange wärde.»

«Hoffetlig vergässe de di zwöi d Lampe nid adsträie.»

«Jo, probiert ob si de brünnt hani afe.»

Vorerscht he d Brigit u der Konrad no chli das Hüsli erforscht, hei täicht vilicht chöntesi doch no öppis finge wo für Polizei wichtig wär. Ob mä ächt do nid echli chönt Gaffewasser mache? «Ä tummi Idee wär das nyd, d Frou Bichsu miechis sicher ou eis, wesise nid abgfüert hätti.»

«Eso nä Wurscht derzue, wär sicher ou no guet!»

«Du weischt scho, dass mer das nid törfe, chumm mir hocke gschieder echli vorem Huus ufs Bänkli. Vorläufig ischt däich do nid viu loos.» Echli öppis z verzeue weis mä änang jo gäng öppä. Eso ischt Zit zwar langsam, aber ömu vergange.

Wos du gägde Sächse gange ischt, het du im Stehli ufsmou ä Geiss afo Meckerä u nid lang isches gange, hets Chueli ou agä.

«Tonnerwätter, het äct der Brand gluegt fürne Mäucher?»

«Dä het doch nüt a das täicht.» Derwile het s Chueli gäng wi lüter gmööget. Du het Flückiger afe einischt s Tennstööri ufto u gluegt ob ächt do nüt z'Frässe ume wär.

«Mou, es wär Gras im Tenn,» heter der Brigit grüeft.

«Auso, du aus Puurebueb wirscht däich wou wüsse wasd ztüe hescht!»

«Das chani ämänd scho, aber u de mäuche, lue die het veiechli es Uter!»

«Hescht de em Vater nie müesse häufe mäuche?»

«Das scho, aber nid grad ire Polizeiuniform.»

«So gibere wenigschtens afe ine, so hörtsi bääge!»

«U de der Geiss?»

«Die chascht du fuere!»

«Jo, u däich de mäuche ou no grad.»

«Du gubischt ömu no eso ne Geissepüüri.»

Di Tierer hei auäg ä bsungeri Freud gha wone zwe nobu Polizischte z Frässe gä hei. Si hei ömu aupot es Baretli lär gha.

«So, alee Konrad, jetz mues gmouche sie.» Derbi hetsi natürli täicht das gäb es Riesegoudi.

«Aber nid i mir Polizeiuniform hockeni do ungere.»

«De muesche däich abzie!»

«Mach mersch vor!»

«Du, do im Schlachthuus hani ä grossi Metzgerscheube gseh, leg doch die a!»

Dascht eso eini gsy us Kunschtläder, u ischt söfu läng gsy, das Flückiger fascht druf trapet ischt. Er hetsä auso agleit. Di Brigit mües nid öppe meine, er chön keis Chueli mäuche. Der Mäucherchessu het er bim Brunne funge u der Mäuchstueu ufem Staubänkli.

Er het em Chueli no hurti echli der Mischt äwäg krauet, wimes öppe macht u derno ischer ungere ghocket. Zerscht arüschte. Er het em Chueli no chli der Rügge tätschlet us grüemt wines es brafs

sieg. Das Arüschte ischt guet gange. Jetz der Chessu zwüsche d Bei chlemme. Aber tonner wäter, dascht nid gange, wüer ä söfu längi gstabeligi Scheube aghahet. «So steuene haut a Bode.»
Brigit, heschere echli der Schwanz das si mer nä nid gäng ume Chopf umschlot?»
Woner het afo mäuche hets Chueli echli hässig umegluegt u jetz isches gleitig gange. Ä zwick miteme hingere Bei, der Mäuchstueu u der Chessu ischt furtgfloge u Flückiger ischt em Bode gläge. Gfeuigerwys nid grad im Chüedräck. Brigit het göisset vor Chlupf, grad wo ä Maa zur Staustür itrapet ischt u si krümmt het vor lache. Woner äntlige het chönne höre, heter gseit er sig der Ärnscht Boumgartner u der Gmeinspresidänt schickne, er söu das Chueli u d Geiss cho mäuche.
«So het doch der Baumer söfu wit täicht,» het du Brigit gmeint u em Konrad d Hang zueche gstreckt une ufzoge. Dä het afe e Zilete gfluecht, aber

doch du nümm angersch chönne weder säuber ou lache.

Der Boumgartner het du di Tierli guet chönne mäuche. Warschienlich heig si ume gschlage, wüuer di tonnersch Metzgerschäube agha heig.

Bim Brunne het du d Brigit em Konrad no chli d Uniform putzt u der Boumgartner het adie gseit u ischt wider gange.

«Gang träi jetz afe d Lampe a, so chöimer di erschte Chunde zueche löke!»

«Es ischt auwäg no chli zweni feischter.»

Es ischt Zähni worde, bis ufsmou es Outo gsuret het.

«Achtung, jetz geits loos!»

Es ischt auwäg eso üpplich gsy. S Schopftöri ischt ufgange u ä Maa i mitlerem Auter,- guet agleit ischer gsy u het sogar ä Grawatte agha,- ischt i Schopf ine trappet. Woner gseh het, dass er do grad vor Polizei empfange wird, heter grad wider wöue umchere. Er mues hert erchlüpft sie, er ischt ömu ganz bleich worde.

«Chömit nume, mir frässenech nied, dir wärdit ha weue cho Fleisch reiche. Jetz ischt äbe der Lade zue. Mir mache Uswyskonntroue. Wemer aui Agabe überchöme vonech chöiter nachär wider go.»

«Was ischt de do eigetlig los, darf mä nidemou me zume Puur go es bitzli Fleisch reiche oder ä Wurscht?»

«Das vernäter de vom Gricht, do drüber chöi mer nech nid Uskunft gä. Heiter ä Uswis bienech?»

«Jo, i go nie ohni furt.»

Ä Wirt isches gsy, vome bekannte Gasthof ir Oschtschwiz uss.

«So, mir hei euer Personalie. Fleisch überchömiter därung haut ä keis. Sägit einischt, wi machider jetz das, wenn der dür di schmali Stross, wome niene cha chere uffahrit u eine obenabe chunt?»

«Das cha nid passiere. Vor voue Stung bis em Haubi tarfme abefahre u vom Haubi bis zur voue Stung ueche.»

«Aha, eso heiter euch gorganisiert, aui Achtig!»

No sächs si cho, di glych Nacht. Wesi di Personalie agluegt hei, heisi chönne feststeue, dass fascht aui echli vore bestimmte Gloubensrichtig gsy sie.

«Auso si di Tier gschächtet worde,» het Brigit erchennt u es het sä tschuderet wesi dra täicht het.

Am Morge em sibni het du Brand aglüte u gfrogt obsi Erfoug gha heigi. Sächs sigi cho, Pärsonalie heigesine abgno use derno wider logo.

«I gloube, mir chöinech jetz heireiche. I täiche, jetz chömi de kener meh. Dir gseht de no gly worum!»

Der Fahnder Brand het du no mitem Gmeinspresidänt vo Hasebett telefoniert, wüer mitim het müesse bespräche, was mä jetz mit dene Tier machi. Das frogsi wi lang das der Bichsu u si Frou i Ungersuchigshaft müessi sie, het dä gmeint. Es paar Tag gang das sicher scho, het Brand pscheid gä. Jo, de rumemer däich di Tier gschieder furt. I luege womerse chöi häretue, metzge dörfemerse däich nid grad.

Das ischt s einte gsy, wo het müesse greglet sie u zwöite, was mä ächt jetz mit däm Fleisch mach. Das ischt scho chli schwiriger gsy. Do derzue hets der Läbesmittukontrolleur, ä Metzgermeischter, der Fahnder Brand u der Gmeinspresidänt brucht. Wüu der Läbesmittukontrolleur usefunge het, dass di War iwandfrei sieg, het du der Metzgermeischter auszäme überno u zaut.

Bi der Bärgli Bärble u dene drei Häufer ischt die Zit ou einiges los gsy. Aus erschts hets natürli der Blick id Nase übercho. Wohär chöm auäg nie us, het der Franz gseit. Aber die si grad z dreiehöch im Bärgli vorgfahre. Ä Reporter, u ä Fotograf mit sim Häufer.

Die hei nid rueu gha, bis di vier junge Dedektive auzäme vorem Bärgli zwäggstange sie fürne Foto, wo scho der anger Tag uf der Titusite vo däm Blatt gstange ischt. Vier Schüler legen den Kälberdieben das Handwerk, hets i grosse Letere unger däm Biud gheisse. Drunger hets natürli i mügligscht ufpouschteter Form gheisse wi aus passiert sieg. Ganz dürhar ad Worheit heisisi nid ghaute, di Schurnalischte. D Houptsach, es ischt ä Sensation gsy. Unger angerem hets gheisse: Was die Polizei der ganzen Schweiz nicht aufklären konnte, haben vier Schüler zu stande gebracht. Anger Zitige si nochezoge. Sogar i dä Nachrichte isches erwähnt worde.

Mi chasi jo vorsteue was das im Dorf u vor auem im Schueuhuus zbrichte gä het. D'Lehrer si im Lehrerzimmer zäme cho u ihri Meinig ischt gsy, do sigesi derwärt, es chlis Feschtli z'boue. Si si mit ihrer Idee vor d Schueukommission u die si witer zum Gmeinrat. Wo du o uno der Pfarrer ischt iverstange gsy, isches du ä pschlossni Sach gsy.

Am Beschte machme das Fescht im Hasligrabe Schueuhuus, dert sig jo gäng no s Schueuzimmer vor ehemalige Gsamtschueu. Wäm mä de aus wöu ilade zu däm Fescht, grad di ganz Gmein heig jo de chuum Platz. I erschter Linie sicher di vier Ching u ihri Eutere. Es wär nid tumm weme di ganz acht Klass wurd ilade, het eine vorgschlage.

«Wi viu Persone bringemer dert überhoupt ine?» het eine wöue wüsse.

«Ame Exame si aube öppe sächzg Pärsone dinne gsy, mit dä Schüuer.» De müesemer is echli nach däm richte. Guet, ir achte Klass si föifezwänzg Schüeler. Derzue chämi sicher voräwäg d Eutere vo dene Dedektive miech afe nünezwänzgi. Derno aui Lehrer, wäri de sibenetriessgi. Der Pfarrer sötimer ou ilade, das miech si de süscht nid guet. Öppis müesemer de ou no biete. Vilicht di chlin Vormation vom Jodlerklub. Jo u de wäri de no grad für d Mieschbuebe, di mache schöni Ländlermusig. Wini rächne, wärimer jetz afe bi sibenevierzgi. Die vor Polizei weti sicher ou gärn derbi sie. Dert müestimer auäg mit vierne rächne. De blibti no nün Plätz, i houf no d Eutere vo aune Hasligrabe Schüuer ilade. U de öppe ä Presseverträter? Das chönt no guet sie. «Öper söt de ou no chli ä Asprach ha.»

«Das chönnt doch grad der Pfarrer!»

«Dä ischt doch ender füre Gloube zueständig u nid für Verbräche.»

«I schlo der Oberlehrer vor, dä chanis de grad säge, ob di Schüeuer wäge ihrem Kriminaufau nid öppe hei vergässe d Ufgabe z mache.»

Dä het zwar no chli protestiert aber ämänd das Amt doch agno.

«Jetz müesemer ume no es Datum ha»

«I houf s Ise schmide solang s warm ischt, bis em Samschti mags äueg nümme a, aber em Samschti i acht Tag tüechtmi söt mes ha.

Langsam ischt Bärgli Bärble bau echli berüemt worde. Wesere de ume nid i Chopf stigt, het d Grosmueter chummeret. Die ischt aber bi auem em Bode blibe. Hingäge, dass si einischt Polizischt wöu wärde, ischt für seie ä bschlosni Sach gsy.

Der Oberlehrer ischt du beuftreit worde, er söu di nötige Iladige verschicke u d Frou Bausiger vor vierte Klass het der Uftrag übercho, für d Ungerhautig z sorge.

Was ischt jetz im Bärgli los gsy? Während sich d Bärble gfreut het wines chlis Ching ufe Osterhas, ischt d Grosmueter mit jedem Tag miteme surere Chopf desume glüffe u het bi längersi minger gred. Äntlige het sä d Barbara gfrogt, was eigetlig mitere los sieg. «Äch, i chume nid a das Fescht.»
«Worum nied?»

«Was sötti ou alege. Mit mine aute Hudle tarfimi gwüss dert nid go zeige.»

«Du wärischt eigetlig nid söfu arm, dasd nid ou einischt öppis neus vermöchtischt.»

«Öppis neus? das wär jetz no, wägeme einzige Obe!»

Jetz ischt d Barbara bau echli toube worde. Si het der Grosmueter ihre Chleiderschaft ufto u derno hetsi rä grüeft, si söu einischt dohäre cho.

«Was ischt de do, mit der wunderschöne Bärnertracht?»

«Äch, die hani sider das Hans gstorbe ischt nieme agha.»

«De leischt sä haut jetz wider einischt a.»

«Was würdi ou d Lüt säge. Ig ire Bärnertracht. Das ischt es Chleid fürne grossi Püüri, u die treits erscht ume bime ganz bsungerige Alass wi öppe ame Hochzit.»

«U de do, was ischt de das? Wenimi nid trumpiere fascht ä neui Wärchtigtracht.

Wenn de die nid guet ischt, was wet de no guet sie. Chum, leg sä einischt a.»

«Hoffetlig ischimer z chlin.»

«E e, Müeti, was ischt ou miter loos? I gloube bau, das fäu nid a dä Chleider.»

«Äch i passe doch nid zu au dene noble Lüt.»

«Wär söu do söfu nobu sie? Öppe d Lehrer oder der Pfahrer? Oder ämänd d Polizischte wod lengschtens au chenscht. Guet, wenn du nid woscht mitmer cho, de goni ou nyd.»

Äis het jetz Grosmueter doch nid wöue ha u eso hetsi ämänd miteme teufe Süfzer jo gseit.

Im Schueuhüsli vor hei jo d Asilante eso öppis gha, wine Wohngmeinschaft. Zwar het jedi Partei es eigets Zimmer gha, aber d Chuchi u ou aui Näberüm heisi gmeinschaftlig gnutzt. Das ischt eigetlig guet gange. Nume der Julia ihri Mueter het sich nid vo ihrem Trouma chönne erhole. Si het ganz zrügzoge gläbt. I ihre ischt öppis tot gsy. Aber glych, für ihri

Tochter het si no wöue do sie. Si hät eigetlig ou scho veiechli guet dütsch chönne, wüu si gäng bir Julia ghocket ischt, wenn die Schueuufgabe gmacht het.

Jetz hetsi ä Iladig übercho für a das Fescht. Si ischt chridewyss worde u het zu ihrer Tochter gseit, «niemous chumeni a das Fescht. I bi ä Usgschtossni. I würd dä angere ume s Fescht verderbe.»

«Aber Mama, vergiss doch einischt u chum wider is Läbe zrugg. Ler doch au di liebe Lüt einischt kenne.»

«I ha der Gloube a liebi Lüt verlore.»

«Vilicht chöntischt nä wider finge!»

Si ischt du vo dä angere Asilante bearbeitet worde. Si söu doch gwüss ihrer Tochter di Freud mache. Si hei solang ufse igret bis si mit schwärem Härz ou jo gseit het.

Am Samschti zobe sisi du itrudlet di Lüt. Zerscht d Jodler, wüu si no chli hei wöue isinge. Dernod Ländlerkapäue. D

Polizischte si ou vo dä Endere gsy. Sogar der Polizeichef der Herr Fridli ischt bine gsy. Di Iheimische usem Hasligrabe si natürli di Letschte gsy, wi häts ou angersch söue sie.

Das aute Schueuzimmer ischt mit Blueme gschmückt gsy. Tischet hetme eso, dass di vier Heude zforderischt, fascht wi ufere Büni hei chönne hocke. Dernäbe ischt ä Platz frei glo worde für d Jodler u d Musig. Firlig het aus zäme usgseh.

Punkt em Achti het das Fescht agfange. Zerscht hei d Jodler eis gsunge. «Das cha nur Liebi sie, heisi agstimmt. Aschliessend het der Oberlehrer das Feschtli mitere Asprach eröffnet. Er het vor auem gseit, wi är stouz sieg, dass Schüeler vo sir Klass ä sötige Fau heigi chönne löse u derfür sorge, dass ihrersch chline Dörfli bau ir ganze Schwiz bekannt worde sieg. Für eso öppis bruchs offni Ouge u ä häue Geischt. Er wett dene vier junge Dedektive do vor aune Lüt no einischt ganz härzlig gratuliere.

Jetz het afe d Jodlerformation wider eis Gsunge u drufabe ischt der Polizeichef, der Herr Fridli as Rednerpout träte. Er het vor auem erwähnt, wi hingerlischtig das di Verbrächer vorgange sigi für d Barbara Schütz usem Vercher z'zie. Gwüss wärer bau druf ine gheit u er wet si vor auem bim Herr Brand entschoudige, wüer der Verdacht gha heig, dä näm das Meitschi i unerloubter wys i Schutz. Di vier junge Dedektive heigi der Polizei aus eso vorbereitet, dass die di Verbrächer em richtige Ort nume no heigi chönne i Empfang nä. «I ha do,» heter gseit, «Der Barbara Schütz no es chlies Presänt, gschbändet vor Polizeidiräktion.» Was isches gsy? Ä Polizeimütze mit vierne goudige Stärne druf. Si wär de zwar täicht für ame Ort ufzhäiche u nid für Unfueg z triebe dermit. Vilicht erreichsi de einischt bir Polizei dä Rang, wosise de törf uflege.

Jetz ischt noche gsy, das afe d Mieschmusig einischt ufgspiut het. Wüu ordeli Jungi do gsy sie, heisi grad echli miteme Moderne agfange. «Der Chines,» heter gheisse. Es het eso söue sie, die Junge hei gjutzet u klatschet u Euteri hei echli d Nase grümpft. Aber für die ischt poschtwändend ou eine cho. Echo vom Geishimu heter gheisse. Do hets mitüri Franzes Mueter fascht abem Stueu glüpft. D Frou Bausiger het gmerkt das di Froue bau echli zablig wärde u drum hetsi gseit, es dörf de Tanzet wärde. Für hinecht sigs de ou dä Ching gsattet, wenns ömu de der Pfahrer ou mög liede, hetsi gseit u glachet derzue. Dä het erwideret er wöune de scho zeige obers mög liede, het churzum d Hohle Marie packt u ischt mitere gfahre. Das het es Glächter gä u im umeluege ischt chum me öpper ir aute Schueustube gsy, wo nid tanzet het. D Schuer hei offebar no chli Hemmige gha aber die sine ou no vergange. D Barbara het abwächsligswys mitem Franz u mitem Peter tanzet. S'Ganze ischt no chli gstabelig gange, aber d Houptsach, si hei Freud gha dranne. Zwöi angeri hei sich auäg scho bau echli verliebt gha inangere. Mi het nes fascht echli a dä Öigli agseh. D Julia u der Hopfe-Fridu hei auwäg echli me weder ume Freud gha am Tanze. Das het no öppis angersch usglöst. Hei jetz nid ufsmou der Julia ihrer Mueter,- Maria hetsi gheisse, -ihrer Ouge afo glänze? Sire do nid Freudeträne über d Backe abglüffe? Tatsächlig hetsi s erscht mou sid ihrer Flucht Freud epfunge. Freud, wüu si gseh het wi ihri Julia vo ihrne Schueukamerädli ufgno u auwäg sogar gschetzt worde ischt.

Zwüschem Tanze het de wider d Jodlerformation gsunge, u es ischt du öppe haubi Zähni gsy, wo d Frou Bausiger akündet het, es gäb jetz no ä Überraschig. Es het öpper ad Schueuzimmertür topplet u si ischt go uftue. Zwe Asilante si vor der Tür gstange miteme länge Tisch, wo grossi Chuechebläch mit Gebäck druf gsy sie. Si hei lo wüsse, wüer schier nüm Platz heig im Schueuzimmer, löiesi Tür off u mi söu de eifach go nä, sofieu das s Härz begäri. Es sig ä Spezialität vo ihrem Heimatland. Ä Trucke vou Plastikgleser si ou uf däm Tisch gstange u jetz si Asilante-Froue mit grosse Teechanne erschine u hei afo Gleser füue. Tanze git Durscht u eso heisisi sofort derzue gha, di Lüt. Dä Tee sig de fein, heisi zunang gseit u de das Gebäck, einischt öppis angersch, aber cheibe guet. Der Hopfe Puur het em Hohle Jakob echli zuplinzlet, het echli der Chutefäcke umegleit u us der Buese es Schnapswänteli füre gno. «Was meinscht,» heter zuenim gseit. «Nie lieber weder jetz,» het äine erwideret. Derfür heter vo sir Frou ä Box übercho, wos grad niemer gseh het.

«Mou, das ischt ä gueti Mischig,» hei di Zwe erchent, «öppis Exotisches u vo üsem Brönz drinn, i hät nie täicht dass das söfu guet wär.»

Mi het du di Asilante iglade, si söui doch ou ine cho, aber das heisi nid wöue. Derfür hetmäne du no dä guet Tee u der Chueche grümt une viu mou danket.

Der Tanz ischt du witer gange. Es hät der Pfarrer no bau gluschtet d,Maria z froge für eine z tanze, aber er hetsi du doch nid rächt trouet. Derfür hetesi preicht, dass Hopfe-Fridu grad näbe d Bärbe ischt cho z sto, wod Musig ä Pouse gmacht het. Waser het wöue säge isch im echli schwär gfaue, aber es het glych use müesse. «Du hescht mer grad der rächt Momänt ä Chlapf gä Bärble. I weter ume no danke derfür.

Em Zwöufi hei du d Lehrer gseit, mi söt jetz Fürobe mache solang dases no luschtig gang. De heig mä gäng di beschti Erinnerig. Eso hei si sich vonang verabschidet, u sich bi dene bedanket wo das Feschtli gorganisiert gha hei. Wo der Fahnder Brand der Barbara adie gseit het, hetere derzue mit der angere Hang ihre Polizei-Huet gno ure dä ufgleit. Hinecht für hei dörf si dä anneha. Er hoffi daser no erläbi, dass si ne einischt fürnes Rächt dörf träge.

Ende

Besten Dank an alle, die mir beim Recherchieren geholfen haben.

Besten Dank auch an meine Frau Heidi für ihre Hilfe und die Geduld, die sie während meiner Schreiberei aufbringen musste.

Besten Dank auch meinem Groskind Lara, die dafür gesorgt hat, dass meine Schreiberei nicht alzu altmodisch ausgefallen ist.

Paul Tanner